许友彬
未来秘境
系列

2047，
瞎了眼的灯塔

[马来西亚] 许友彬 著

浙江出版联合集团
浙江少年儿童出版社·杭州

目录 >

感动全球华人读者!　278

1. 瑜美被捂住嘴巴

这个星期三傍晚，夕阳璀璨。

瑜美公主和风起哥哥玩累了，回到不一样游乐园。

她游入海湾，举头目送风起哥哥回去。

风起哥哥雪白的翅膀被晚霞染红，翩翩扑扇，非常好看。

她挥动双手，大声嚷道："风起哥哥，明天见！"

海上风大，风起哥哥没有听见她的呼叫，径自飞回草坡上的别墅。

别墅的一角，海阔哥哥倚靠在檐柱旁，侧目遥望着瑜美公主。

看！有什么好看？哼！

瑜美公主一个翻身，扑通钻进水里，在海面打出一个大水花抗议。看！给你看一个大海浪！

瑜美公主尾巴轻轻一摆，游向房子底下。穿梭过树林般的柱子，来到电梯门口，伸出手指放入辨识感应器，电梯门顿时滑开。

这是一座防水电梯，电梯底部有筛网般的洞眼，电梯里面放置着一张电动轮椅，轮椅没有椅子，椅子改装成了一个大水桶。

瑜美公主在水里旋转身体，尾巴一收，把下半身放入大水桶里。

门关上，电梯往上升，钻出水面。瑜美公主露出头来，深深呼吸。水从肩颈往下降落，瑜美公主用手指捋头发，把头发往后梳理。

电梯停止，门打开，瑜美公主已经在自己的房间里面。

电梯里面的水已经从洞眼流出，而桶里的水仍然八分满。

瑜美公主操控着轮椅从电梯出来，先进入房间里的浴室，扭开花洒，抓了一把洁面乳和洗发露，洗脸洗头发。

她用电吹风把头发吹干，把自己收拾得干干净净，散发着芬芳气息，才敢去见妈妈和姐姐。

从自己的房间出来，经过妈妈的房间，再经过姐姐的房间，就到饭厅。饭厅两侧面向大海，海风穿过栏杆"呼呼"吹来，吹乱了妈妈和姐姐的头发，把饭菜都吹凉了。

妈妈与姐姐吃过了，她们的碗筷也收拾了。她们坐在桌旁，边聊天边等她。她听见姐姐提起海阔哥哥和白马，蓦然想起，海阔哥哥要去泰国把白马带回来。

"海阔哥哥什么时候去泰国?"瑜美公主移动轮椅过去。

"明天星期四，游乐园休息，我们带他去。"妈妈回答。

"你们? 他要你们两个带去?"瑜美公主停在桌边，不以为然，"他不是很厉害吗? 他自己不会去吗?"

吃饭时间提起海阔哥哥，真倒胃口。瑜美公主拿起碗筷吃饭。她一个人吃，不介意妈妈和姐姐没有等她一起吃。

其实，她才不要妈妈和姐姐等她。如果妈妈和姐姐在家饿着肚子，她在外面哪有心情玩乐?

瑜美公主刚刚提出的一连串问题，并不需要答案。她只是用问题讽刺海阔哥哥，发泄心头之气。

妈妈竟然认真地回答: "海阔还未成年呢。人家不会相信他。有大人陪他去，一路上都方便些。"

瑜美公主反问: "他未成年，你们何必带他去? 你们自己去不行吗?"

饭菜都凉了。瑜美公主就是喜欢吃凉的。烫热的食物，她吃不下。

"当然要带海阔去。"姐姐说，"白马的事情，他得做个决定。"

不一样游乐园里大大小小无论什么事，都需要海阔哥哥做决定。瑜美公主随口埋怨说："他这个人，真麻烦。"

看着姜葱牛肉菇、清炒空心菜、红烧黄鱼和洋葱番茄汤，却想着海阔哥哥，好吃的菜肴都变得难以下咽。

妈妈又认真地回答："也不麻烦，这一年来，他成熟多了。"

瑜美公主不服气，想想海阔哥哥可能惹上的麻烦，问道："他是不完全人类，你们带他出去，难道不怕被人认出来吗？"

妈妈笑着说："海阔是最像人类的不完全人类，他只要披一件宽松的衣服，人家就把他当人类了。人类有患上佝偻症的，也有鸡胸驼背的，样子比海阔更奇怪。"

妈妈这话，扎了瑜美公主一下。

海阔哥哥是不完全人类，瑜美公主也是不完全人类。海阔哥哥披一件衣服，就能冒充人类。瑜美公主怎么易装，一条儒艮尾巴始终藏不住。她是最不像人类的不完全人类。

那又怎样？像人类就了不起吗？不像人类就低人一等吗？

姐姐问："海阔背后的龟壳到底是海龟壳还是乌龟壳？"

瑜美公主不想回答，也不想知道。她对海阔哥哥没有兴趣。她低头吃东西，不跟她们说话。不想再谈论海阔哥哥。再谈下去，会把胃里的食物全呕出来。

妈妈和姐姐静静地看她吃饭。妈妈问她:"好吃吗?"

"好吃。妈,真好吃。"

自从瑜美公主在外面吃过苦、挨过饿,现在妈妈煮什么她都觉得好吃。

瑜美公主吃完后,姐姐起身帮忙收拾碗碟。瑜美公主不能起身,她站不起来。下半身泡在水桶里面,就只有坐着的高度。

妈妈说:"海阔站在那边,一直盯着我们看。"

瑜美公主用眼角瞄去,果然见到一个畸形的人影立在别墅门口。

讨厌!看?有什么好看?

姐姐把桌子抹干净,歪头往别墅那里瞄去,问道:"海阔有什么事吗?"

没有什么事!别墅门口离水上房子这里,有一条平直的小路。有什么事的话,走过来直接说就是,不需要立在那儿贼头贼脑窥探。

瑜美公主把轮椅退出来:"我要回房休息了。"

"早点睡吧。晚安。"妈妈说。

瑜美公主进入房间,带上房门。

房间里没有睡床,只有一张桌子。

她把轮椅移到桌边,打开抽屉,拿出玩具王子和玩具公主。她扒光它们的衣服,为它们搭配新的衣裳,然后打开音乐，让王子和公主在桌面上跳舞。

瑜美公主今年十二岁了，却喜欢玩这种小孩子的玩意儿，弥补童年的缺失。她的童年局限在偏僻的小岛边，不曾拥有玩具。

她喜欢看它们跳舞，看它们的舞步。有一双腿的话，跳舞多么好看哪！轻柔的裙摆，随着舞步飘扬，多么漂亮啊！

她更换不同的乐曲，看它们跳各种各样的舞蹈。王子和公主如有听觉一样，能够跟随曲风调整舞步。

瑜美公主不喜欢节奏快速的曲子，她喜欢优美温情的经典老歌。她安静地听歌，把一切不愉快的事情抛到九霄云外。

歌声夹杂着海风的飒飒声和海浪的沙沙声。今天风浪怎么会这样响？房间里的窗子不都有隔音玻璃吗？

瑜美公主觉得受干扰，听歌听得不舒服。她转头看窗口，窗口开了一条缝。

谁开的窗？

瑜美公主不喜欢开窗。她睡觉时喜欢安静。以前，她都暴露在各种嘈杂的声音中，难得去年搬到水上房子来，装置了隔音设备，才开始享有宁静的空间。

或许是妈妈开的窗。妈妈常说，房间的窗户必须常打开，通通风，把房间里的浊气吹走。

瑜美公主把轮椅移到窗边，把窗户关好。

歌曲于是变得悦耳好听。王子和公主跳得更起劲，不会累也不会出差错。

瑜美公主听着听着，觉得很困。

她迷迷糊糊靠在桶边，刚要睡着，却听见房间门铃响起。

姐姐？

她移到门边，打开房门。

不是姐姐。

一个背部宽阔的黑影闯进来，带着一股男子的汗酸味。

是海阔哥哥！

瑜美公主感到血液顿时蹿上脑袋，气呼呼地问："你来做什么？"

"嘘——"海阔哥哥比了一个手势叫她不要出声。

这让她怒火中烧。她如喊狗一样呵斥："出去！"

海阔哥哥没有出去，却伸手捂住她的嘴巴。

他要干什么？

她挣扎着要掰开海阔哥哥的手。

海阔哥哥强健有力，她掰不开。

她只能用手指抓挠海阔哥哥的手臂。

海阔哥哥低头在她耳边说："不要关窗。"

她受不了海阔哥哥在她耳边哈热气，挥拳打他的鼻子。

　　"你会后悔的。"海阔哥哥捂着滴血的鼻子，迅速逃出房间，没忘记把门带上。

　　她吭哧吭哧喘气，咽下一肚子委屈，眼泪稀里哗啦流下来。

　　刚才的窗户，一定是海阔哥哥在白天打开的。

　　难道他想半夜从窗户爬进来？

　　海阔哥哥想干什么？

　　给他气死了！

2. 海阔也想当好人

星期四下午，海阔来到泰国乃猜的马厩。

海阔走进马厩，见到白马。白马正低头吃饲料，没有反应，好像没有发现海阔的到来。

海阔倚靠着栏杆，用最柔软的声音呼唤白马："白马，白马。"

他听见从自己嘴巴发出来的声音，都觉得肉麻，不禁打了一个哆嗦。

白马抬头，冷漠地别过脸去，不看海阔。

海阔离开栏杆，保持笑容。笑容是虚假的。他讨厌自己这么虚假，却高兴自己虚假得这么真实。风度，他对自己说，这是风度。

他早已经预料到会有这种下场。白马的性子，海阔理解。它单纯，黑是黑，白是白，只知道我行我素，不会顾及别人的面子。

终归一句话，白马就是记仇！

白马凭什么记仇？海阔想，该记仇的是他自己。两年前，海阔在沙滩上，举枪对着风起，白马飞过来，把他撞倒在地上。是白马攻击海阔，不是海阔攻击白马。海阔都不记仇，白马竟然记仇！

海阔觉得自己宽宏大量，不但不记仇，心里还感谢白马。他举枪对着风起，恨不得一枪把风起毙了。国王催促他开枪，他却下不了手。要不是白马扑过来，海阔不知道该如何收拾残局。

他后来回想起这件事，也不明白自己为什么下不了手。也许瑜美公主眼睁睁盯住他，他不能让瑜美公主看见他狠心杀死自己的兄弟。也许他对风起还有感情，狠不下心肠。

他是有感情的。别人不知道，以为他无情无义。就是因为有情有义，海阔不能不听国王的话。在他心目中，国王不仅是国王，国王更像他的爸爸。国王是他的灯塔，给他指示，告诉他该往哪里走。

国王教诲海阔，不要把心写在脸上。

白马就把它的心，写在它的脸上。它的那张马脸，明明白白地写着我恨你三个字。

它的世界，非黑即白。海阔是黑的，风起是白的。海阔是坏人，风起是好人。

风起就喜欢做好人。谁不喜欢做好人？

海阔也想啊。现在海阔不也就做了好人吗？

风起接受海阔的道歉，愿意和海阔言归于好。

海阔把自己的坏推到国王身上，推得一干二净。国王是坏人，海阔所做的坏事都是他指使的，就这么简单。海阔近墨者黑，把黑色往国王那里一抹，自己就变成白的。风起以为国王死了，死无对证。

白马把屁股对着海阔。海阔尴尬的脸不知往哪里放。

风度，保持风度。笑容，保持笑容。

余妈妈走进马棚来。她对着马屁股激动地呼喊："白马，白马。"

白马回过头来，望见余妈妈，扬起嘴角，转过身来。

它逆时针转身，转一大圈，就是为了避免与海阔碰面，不想看海阔一眼。

海阔不能生气，只能笑，有风度地笑。

白马面迎余妈妈，踢踢踏踏跳起舞来。

它对余妈妈的热情，和对海阔的冷漠，形成强烈对比。它那么喜欢余妈妈，这么憎恶海阔，让海阔都憎恶自己。

余妈妈抱着白马的脖子，抚摸它的鬃毛。

白马的长脸上下滑动，与余妈妈团头聚面。

海阔后退一步，不想破坏他们久别重逢的愉悦。

马棚之外，管石还和乃猜在讨价还价。

乃猜腆着肚子，心不在焉地听着。

管石太天真了，看不出乃猜根本不想出售白马。他开一个天价，就是不想卖。管石还以为自己能说服乃猜。没有用的，怎么说都没有用。

海阔愤愤不平，白马本来就是他的，他可以理直气壮地把白马领回去。现在他愿意出钱购买，已经给足乃猜面子，乃猜却不知好歹。

马棚这里，余妈妈瞥见白马后腿箍着一个铁圈，铁圈拖着一条铁链，怜惜地问："乃猜用铁链绑你？"

白马猛点头，做出可怜状。

"为什么？"余妈妈问。

白马拍一拍雪白的翅膀。

"他怕你飞走？"

白马点头如捣蒜。

"乃猜真可恶！"余妈妈骂道。

白马对海阔翻一个白眼。它想说，海阔也可恶。

余妈妈告诉白马："海阔已经认错，愿意改过自新，我们原谅他吧。"

白马抬头，怀疑地看着海阔。海阔依然微笑。

白马又把脸别过去。

什么意思？不原谅我？

余妈妈替海阔说话："海阔租了一块地，是一个岬角，那里有美丽的海湾，有碧绿的草原，叫作不一样游乐园。如果你跟我们回去，你可以在那里尽情地奔跑，自由地飞翔……"

白马露出不屑之色。它不稀罕？

"现在，我们都住在那里。风起、瑜美……还有蛋猫，都住在那里……"

白马听见这些名字，踩踏马蹄嘚嘚响，如敲打欢乐的小鼓。

它以为可以和老朋友见面了。它想得美！

余妈妈说："我们想来领你回去，可是乃猜开出一个很高的价钱。我们没有那么多钱，还不能够把你赎回去。"

白马怒视乃猜，两个大眼球凸出。

余妈妈赶快说："那也不能全怪他。要是你没有飞出来，他就没有这个机会。"

白马愧疚地低下头去。

余妈妈说得没错。海阔想，白马就是因为有翅膀，一心一意想飞，才落得这种下场。它以为飞出去就自由了。光是有翅膀没有脑袋，飞出去不是自由，是自投罗网，是自尽。给乃猜逮住，更是活该。

管石和乃猜谈判破裂，也走进马棚，对余妈妈喊道："妈妈。"

余妈妈招呼她过来："来，我来给你们介绍，这是白马，我们的好朋友。它虽然不会说话，但是听得懂我们说什么。这是管石，我的女儿，瑜美的姐姐，比瑜美大十岁……"

海阔走开去，不想听他们说话。

他走出马棚，走向乃猜。乃猜敬酒不喝，要喝罚酒？

乃猜还不知道海阔是何许人。刚才，在余妈妈和管石面前，海阔不敢表明身份。管石只是跟乃猜说要用钱买白马，没有说要讨回白马。

他靠近乃猜，轻声问道："你真的不肯卖？"

乃猜狡猾地一笑，说："我舍不得卖。我也是为飞马好。飞马在这里，和母亲团圆，不是很好吗？你们又何必要拆散它们？"

海阔压低嗓子说："你不要以为我不知道。飞马三个月大时，你已经把它卖出去了。当时你对他做出承诺，你不会让别人知道飞马在你这里出世。你也答应他，你不会再追讨回飞马。你说，是不是？"

乃猜脸色煞白，问道："你是他什么人？"

海阔嘿嘿笑，细声说："你别管我是谁，我是他派来跟你要回飞马的。"

"他还活着?"

"当然。"

"我不信,叫他自己来见我。"乃猜睥睨海阔,"你乳臭未干,能代表他?我看,你只不过是听到他的故事,就来勒索我。"

海阔咬牙切齿,愤然说:"要是他真的来了,你可就没命了。"

"谁怕谁?"乃猜歪着嘴巴笑,说,"他的事,我不知道?去年,风起公开说他制造转基因人类,他就被警察通缉了。后来,我得到消息,他已经被军人消灭。要是他还活着,叫他来,我马上报警捉他。"

海阔嘴巴一撇,说:"你会后悔的。"

"小伙子,你威胁我?"乃猜拍一拍海阔背后,说,"你的背后圆圆鼓鼓的,好像背着一个龟壳。你不会也是转基因人类吧?"

海阔怒瞪乃猜,警告说:"你小心一点儿。我们走着瞧。"

他气咻咻地向马棚走去,对余妈妈和管石喊道:"走!我们回去了!"

3. 海阔等待一个人

星期五午夜十二点，月亮弯弯。

海阔坐在一艘小型电瓶船上，在距离崖壁一百米左右抛锚停泊。他抬头仰望，注视崖岸上的道观。他在等待一个人。

道观大门紧闭，窗口灯光微弱，

海阔等了十分钟，大门终于开启，有一个人影从道观里闪出来。

那个人影，臂长腿短，手脚并用奔到崖角，一个翻身爬下崖壁。

崖壁垂直而下，壁上石头平滑，石缝间长出稀疏的灌木。这样险峻的崖壁，不是一般人能徒手爬下来的。

那个人影不是一般人。他有人类的头，黑猩猩的身体。他身手灵活，抓住灌木，一跃而下，准确地攥住另一棵灌木。

只见石壁上灌木相继晃动，那个人影轻易爬下百米高的山崖。

电瓶船悄悄靠近崖壁，钻进崖壁旁的一个山洞。

海阔驾驶电瓶船靠岸，等待那个人。

山洞里黑黢黢的，海阔的眼睛适应后，看见外面蒙蒙亮了起来。

那个长臂短腿的人影出现在洞口："海阔，你来了?"

海阔掏出手电筒照亮自己："国王，我在这里。"

"关灯!"国王骂道，"你疯了吗? 怕别人看不见我们吗?"

海阔关灯："国王，放心，海上没有人。"

"你怎么知道?"国王低吼，"你怎么知道出手有没有躲在水里?"

海阔知道，出手没有在附近。出手今天表演完毕，就离开海湾，去深海找她的海豚老公和海豚朋友了。

他不敢辩驳，不能顶撞国王，只能承认错误："对不起，国王。以后我会更小心。"

国王跳上电瓶船，船身随即一晃。

"昨天去了泰国? 怎么没看见你把白马带回来?"

海阔报告："国王，乃猜不肯卖。"

"他怎么说？"

海阔把乃猜说过的话复述一遍。他还模仿乃猜的语气说："谁怕谁？"

"他活得不耐烦了。"

"我们下一步该怎么做？"

"收拾他。"

海阔一愣。国王要他去杀人？

这里可不是以前那个不一样王国，不一样王国的法律就是国王的法律，国王要杀谁就杀谁。这里的法律是人类的法律，杀人可要偿命。

国王要他去杀人，他可不想冒这个险。但是，国王的命令，他也不能违抗。他结结巴巴地问："国王……你叫我去……杀死乃猜？"

"你不敢？"

"我？嗯……"海阔硬着头皮说，"国王命令我做什么，我就做什么。"

先答应国王再说。到时候他办不了，相信国王也不会对他怎样。

"算了。我看你也没这个胆子。把事情搞砸了反而不好。"

"那么……我们要如何对付乃猜？"

"乃猜的事你就别管了。反正你也管不了。"

海阔感到失落。他在国王心目中的地位似乎降了一级。这些年，他的成长，需要国王的肯定。

他对付不了乃猜，或者还可以对付白马。

把白马杀了？把白马杀了，对乃猜也是重挫。

若要杀死白马，海阔还办得到。在人类的世界里，白马是非人类，是牲畜。人类杀死牲畜，无须偿命。

"那……白马呢？"

"我都说算了。不一样游乐园多一匹白马，少一匹白马，完全不受影响，观众还是一样多，场场爆满，是不是？"

"是。"说到不一样游乐园，海阔很有成就感。他傲然说，"报告国王，现在观众要买门票，必须提前一个月预购。"

"那就提价啊！"国王没有称赞他，反而责怪他，"你不会用脑子想吗？我们需要钱，要抓紧机会赚更多钱。这还要我来教你吗？"

海阔被泼冷水，讪讪地解释："管石说，提价要有一个程序，必须先向财政部申请，然后……"

国王打断他的话："申请就申请。你叫管石去做啊。你不需要知道过程，你只要求结果。你请管石来做什么？是你管她呢，还是她来管你？是她说了算，还是你说了算？"

海阔讨好地说："是国王说了算。"

"对。是我说了算。可是，我不在场，你就是我的代表。你代表我，你说了算知道吗？"国王伸手拍拍海阔的肩膀。

这里黑黢黢，国王也能准确无误地拍打他。

"知道了，国王。"海阔唯唯诺诺。

国王接着气哼哼地责问："还有，上次叫你办的事，怎么没办好？"

到底是什么事？海阔只知道自己尽心竭力把国王交代的每一件事都做得漂漂亮亮，做不好的就只有白马这件事。

"什么事？国王。"

"你怎么没有叫瑜美把窗户打开？"

"我叫了。她没有把窗户打开吗？"

前天，海阔去水上房子巡视，顺手把窗户打开了。昨晚，他站在斜坡上，看见瑜美公主又把窗户关上了。他特地去找瑜美公主，叫她别关窗。她没听话吗？

"没有。我趴在窗上，敲打窗玻璃，她都没有醒过来。"国王愤然说。

海阔明白，是自己的疏忽。

前晚，他被瑜美公主呵斥，心里不爽快，回到别墅房间，垫高枕头想着为什么他对瑜美公主那么好，瑜美公主却对他那么坏，想着想着，竟睡着了。

"对不起。是我的疏忽。"海阔承认错误。

"你没有告诉她吗?"

国王不信任我?

"告诉她了。"海阔硬气地说。

"你怎么说?"国王似在盘问他。

"我先把窗户打开,又亲口叫她不要关窗。"海阔省略地说。他这么说,企图隐瞒,但从字句看来,他又没有欺骗。

"你没说我要见她?"国王追根究底。

海阔发现自己犯下另一个错误,没有跟瑜美公主说清楚国王要见她。昨晚,他本来打了腹稿,要和瑜美公主好好聊聊,没料到瑜美公主那么生气,粗暴地把他赶走。他情绪波动,该说的话就没有说了。

"没有……"海阔找一个理由,"瑜美虽然知道你还活着,但不知道你住在哪里。上次我告诉她,你住在海盗岛。海盗岛离这里那么远,她不会想到你会出现,我想留给她一个惊喜。"

海阔自己都佩服自己这么能言善道。他说要为国王制造一个惊喜,出于好意,国王应该不会怪他。

果然,国王不温不火地说:"哦,我明白了。算了,明晚,你再安排我和她见面。这次,就不需要什么惊喜了。"

"知道了,国王。这一次,一定做得漂漂亮亮。"海阔拍打胸膛。

4. 蛋猫又见到国王

星期六晚上，蛋猫第二次见到国王。

说蛋猫第二次看见国王，也不正确。蛋猫这一年来，看见国王不下一百次，只不过每次看见国王时都不敢确定是国王。它仰望山上，那个道士通常只在晚上出现，蛋猫觉得熟悉，却没看个真切。

道士穿长袍，袖子把手臂遮盖了。蛋猫看他举手投足和国王相似，心中难免存疑。

有一天傍晚，乌云密布，蛋猫和出手在海边闲聊。蛋猫提起那个道士可能是国王，出手一口否定说："不可能。海阔说过，那个道士是不一样游乐园的地主。地主怎么可能变成国王？"

蛋猫说："我怀疑海阔和国王串通，国王装扮成道士，瞒骗我们。"

出手听后，立即把她的大头沉入海水里，冷静一会儿。

出手把大头再露出水面时，说："蛋猫，我们在不一样游乐园，要互相信任，不要疑神疑鬼。你要信任海阔，不要怀疑他。海阔已经不是以前那个海阔，他变成好人了。你不要活在从前，你要向前走。"

"出手，我不是活在从前。我只是看见那个道士很像国王。"蛋猫伏在石头上说。

"蛋猫，你用你的脑子想想，如果他是国王，又和海阔串通，他会放过你吗？你当年把他扑倒在地上，毁灭了他的不一样王国，他会放过你吗？如果他是国王，早就剥了你的皮，吃了你的肉……"

蛋猫打了一个冷嗦，用舌头舔一舔毛茸茸的虎皮："出手，我的头脑小，只有二百五十克，想不了太多事情。是我看错了。只是，那个身影，真的很像国王。"

"你就别去看好了。不看，就不会错。"出手劝说。

蛋猫相信出手的话。出手是它最好的朋友。它不相信出手，要相信谁呢？不过，蛋猫还是忍不住眼睛溜溜转，望向山崖上的道观。它虽然相信那个道士不是国王，但就是好奇道士为什么那么像国王。

又一个彩霞缤纷的傍晚，出手又和蛋猫闲扯。蛋猫抬眼看见道士，赶快说："出手，你看，山上那个道士，像不像国王？"

出手把头露出来，看山崖一眼，又把头沉下去，说："我没见到什么道士。"

蛋猫说："你仔细看，那个影子就在道观门口。"

出手不再举头，说："我的眼力没有你老虎的好。那个山崖对我，只是一团黑影。我连道观都看不见，更别说人影。"

蛋猫感叹：海豚空有一双大眼珠，眼力真的不行。

对一个看不清楚事情的人说事情，怎么可能说得清楚？蛋猫作罢，不再和出手提起道士的事。

蛋猫心痒痒，不止一次想过，从后面山林拐一个弯，爬上山崖，到道观去看个清楚。但它又很快打消了念头。它不能违反合约精神。海阔租下这块地时，和地主签下合约，承诺不会爬上山侵犯道家重地。

星期三晚上，蛋猫听见电瓶船的低吼声，以为是海阔在船上。

这是海阔专用的电瓶船，发出隆隆声，像海里怪兽的吼叫，蛋猫听着浑身发麻。

不久前，蛋猫曾经向管石反映过，说电瓶船太吵了，可能机件有问题。那时，海阔在电瓶船上，管石望着电瓶船说："哪有？我只听见海浪的声音，电瓶船没有声音。"

人类的耳朵，听力也太有限了。

对听不见声音的人说声音也是徒然的。

电瓶船的低吼声经常在半夜出现。每次听见低吼声，蛋猫就从草坡上望下去，总会看见海阔开着电瓶船出海。海阔要去哪里，它不方便问。蛋猫在这里没有地位，充其量也只不过是一个演员。

星期三晚上，蛋猫又听见电瓶船的吼声，以为又是海阔。它转头一望，船上的人竟不是海阔，是一个黑衣黑裤、长臂短腿的人。蛋猫悄悄爬到岸边，睁大眼睛看清楚，果然是国王。

在这黑灯瞎火的时刻，其他人类当然看不见。蛋猫身为一只大老虎，目光犀利，当然看得见。蛋猫不只看得见，还把国王的五官看得一清二楚。这是蛋猫第一次确定它看见国王。

国王虽然剃光头、蓄胡子，眼睛眉毛鼻子嘴巴还是变不了。他穿紧身的黑衣黑裤，手臂更显得修长。他的背微驼，头颅挂在前面，黑猩猩还是黑猩猩。

海阔不是说国王死了吗？

国王坐着海阔专用的电瓶船回来，证明他和海阔还有关系。不只有关系，关系非比寻常。海阔说国王死了，都是谎言。海阔瞒骗大家，瞒骗了整整一年。

蛋猫一颗心扑腾扑腾跳，想把这件事情告诉出手。这时是午夜，出手不在不一样游乐园，她去大海找海豚朋友了。

蛋猫接着想到的是风起。

国王来了，风起可能有危险。

蛋猫悄悄走向风起住的别墅，走到半途又停下脚步。不对，风起和海阔住在同一幢别墅里。现在告诉风起，可能会惊动海阔。风起知道海阔的秘密，海阔会有什么反应？海阔会不会杀人灭口？

蛋猫冷静下来，先看看国王要做什么。蛋猫想，如果国王要来杀死风起，它会毫不犹豫地扑向国王，就像前年一样，把国王踩在脚底下。哼！

国王把电瓶船停在水上房子旁，攀上瑜美公主的房间，贴在她的玻璃窗外。国王在看他的女儿。

瑜美公主应该睡着了吧？

国王看了一会儿，跳下电瓶船，电瓶船又发出低吼声离去。

低吼声消失在山崖下。

蛋猫猜错了，国王并不是来杀害风起。他只是思念自己的女儿，悄悄来看看她。

国王没有危害任何人，要不要把国王的事说出去？

蛋猫很纠结。有些事情，不知道就心如止水，知道后就心乱如麻。

次日星期四，不一样游乐园照例休息，海阔带着余妈妈和管石去泰国，风起带着瑜美公主出去玩，出手也没出现，蛋猫就没有把国王的事说出来。

要说，说给谁听？

说给出手听，出手守不住秘密。她会说给她的好朋友余妈妈听。余妈妈和国王势不两立，必会采取行动，可能会爆发大战。

说给风起听，风起不会罢休，必会质问海阔，两人将会反目成仇。海阔心怀叵测，不会让风起戳穿他的秘密，可能会对风起下毒手。

蛋猫相信，不论它说给谁听，必会引发斗争。国王阴险狡猾，一千三百克的脑子，塞满龌龊主意。国王若要反击，风起、余妈妈，还有蛋猫自己，都难逃厄运。

它想了一天一夜，还是决定不说好。

不说，国王对大家也没有什么危害，大家快快乐乐地过日子。说了出来的话，海阔和大家撕破脸，大家更危险。

也许，国王已经知错悔改，重新做人。

海阔变好了，国王也变好了，这样最好了。

星期五蛋猫见到出手，和出手闲聊，就是不提起看见国王的事。

蛋猫嘴巴不说，只用眼睛继续观察。

星期六晚上，电瓶船的吼叫声由远而近。蛋猫睁开眼睛看，又见国王乘船进海湾来。

这是蛋猫第二次看见国王。国王在一星期之内来了两次。

国王又偷偷去看女儿了？

5. 瑜美向海阔道歉

　　星期六这一天，瑜美公主觉得海阔哥哥怪怪的，一直用奇异的眼神看着她。表演结束后，海阔哥哥还向她招手。她视若无睹，潜入水里。对，她的视力本来就不是很好，看不见，看不见。

　　海阔哥哥在陆地，她在海里，两人井水不犯河水。她住在这里，只管演好自己的节目。没有必要，她不会去找海阔哥哥。海阔哥哥每次见到她，嘴巴都不干净，说一些有的没的，她才不想理睬他。

　　这天傍晚，瑜美公主玩累了，拖着疲惫的身子回来。海阔却如鬼魅般在水里出现。他袒露畸形的上身，只穿一条短裤，看见瑜美公主回来，游到电梯门口拦住她。

瑜美公主看了觉得恶心，转头游开，浮出水面。她张开嘴巴，喘着大气，很想作呕。

海阔跟着游过来，很不要脸地在她眼前蹿出，和她面对面，还在水里伸来双手，企图握住瑜美公主的手腕。

瑜美公主不客气地甩开他的手。她竖起眉毛，怒目瞪他，严厉地问道："你想干什么？"

"我……没想干什么，"海阔勉强一笑，支支吾吾地说，"我只是想……告诉你国王的消息……"

听见"国王"二字，瑜美公主的心肠即刻软化。瑜美公主一年没见到爸爸，想念爸爸了。最后一次听到爸爸的消息，是在去年。那时，海阔哥哥告诉她，她爸爸还没有死，在海盗岛避风头。

这是一个秘密。这个秘密藏在心里，憋得难受。她不止一次想把秘密告诉风起哥哥，多次欲言时总又理智地把话吞回去。每个人都以为爸爸死了。爸爸死了，就不会有人找他算账了。

海阔哥哥说爸爸住在海盗岛。海盗岛离这里很远。远不是问题，她可以找到海盗岛。可是，找到海盗岛又怎样？她上不了岸，更不想跟海盗打交道。

瑜美公主也想过，通过网络和爸爸秘密联系，但海阔哥哥告诉她，网上没有秘密，一切都在政府监控之下。爸爸被警方通缉，不敢上社交网站。至于海阔哥哥如何与爸爸取得联系，她则不得而知。

她对爸爸的思念，如湖面上的涟漪，风吹草动，涟漪就泛开来。有时晚上，瞥见山上道士的身影，她就想念爸爸了，甚至错觉以为那个身影就是爸爸。一个模糊的黑影，也让她思念成这样。

海阔哥哥说要告诉她爸爸的消息，却只是呆呆地盯住她。海阔哥哥想说什么？难道是……他说不出口？

她急死了，问道："我爸爸到底怎样了？"

"他？"海阔回过神来，眯着眼睛，肉麻地笑笑，"他很好。"

这是什么消息？是不是根本没有消息，只是找个借口？

"说！"瑜美公主恼怒了，"我爸爸发生了什么事？"

"别紧张，你爸爸没事，"海阔歪着头，眼睛依然骨碌骨碌盯着瑜美公主，"你爸爸想你了，想死你了。"

瑜美公主被盯得心里发毛，伸手拍打海阔："他想我？又怎样？"

海阔笑得更开心，似乎很享受被瑜美公主打。他轻抚被打的臂膀，慢吞吞地说："他想你，想来看你。"

"想来看我？又不来！"瑜美公主说这话时，迁怒到爸爸身上。爸爸愿意跟海阔见面，却不愿意跟自己的女儿见面。

"他来！"海阔带着玩笑的语气说，"他今晚就来。"

也不知是真的假的，今晚就来？

瑜美公主忽然想起一件事，妈妈曾经对她说，有一次午夜十二点还看见海阔哥哥悄悄乘船出海。莫非海阔哥哥乘船去海盗岛找爸爸？

"今晚，你去带他来？"瑜美公主问。

她问一句，海阔答一句："不。他自己来。"

"什么时候？我在哪里等他？"瑜美公主焦急地问。

"我也不知道什么时候，你在房间里等他就是了。"

"我在房间里……他怎么进来？"

房间外面的走廊，灯光亮堂堂，爸爸怎么敢进来？

"他会从后面窗户爬进来。"海阔笑眯眯，眼神好像在责怪她。

瑜美公主猛然想起，星期三晚上她关了窗户。海阔哥哥说，她关窗就会后悔。难道是……

她紧张地问："我爸爸是不是来过？"

"来过。"海阔抬高鼻孔，露出胜利的笑容，"星期三晚上，国王吃了闭门羹，不，闭窗羹。"

"对不起……"瑜美公主连忙道歉。她真的后悔了，后悔得肠子都青了。

海阔委屈地说："哼！害我被骂一顿。"

瑜美公主又低头道歉："对不起！"

"今晚，还要关窗吗？"海阔乜眼看瑜美公主。

"不会不会，我一定会开窗，等爸爸来。"瑜美公主乖乖地说。

"这是秘密，不能让你妈妈和你姐姐知道。"海阔提醒她。

"我晓得。谢谢你，海阔哥哥。"瑜美公主真心诚意感激海阔。

"还有，别对风起透露什么。"海阔瞪大眼睛说。

"知道了。"瑜美公主觉得对不起风起哥哥。

"乖。"海阔伸手摸一摸她的头，暧昧一笑，转身游开。

瑜美公主头皮马上发痒，十指狠狠抓头发，恨不得把头皮扒下来。

海阔哥哥还是那么讨人厌。

无论如何，他捎来好消息，令瑜美公主心情大好。

6. 瑜美投入他怀抱

　　星期六傍晚，瑜美公主什么都没有告诉妈妈和姐姐，吃饭时不敢多话，只管把饭塞进自己的嘴巴。只是，她眼里的笑意还是表露出来。爸爸要来见她了，她多么高兴。

　　妈妈问她："今天发生了什么事，让你眉开眼笑的？"

　　"唔……"她嘴巴里都是食物。

　　姐姐自作聪明替她回答："一定是风起跟她说了什么话？看她满面春风的样子，就知道了。"

　　"别胡说，"妈妈替她辩护，"瑜美才十二岁，你以为她谈恋爱啦？"

　　姐姐坚持己见："很难说，现在2047年了，十二岁谈恋爱不稀奇。"

"说到哪里去了？"妈妈骂道，"风起可是她哥哥呢！"

姐姐牙尖嘴利："对，是她哥哥。她的好哥哥，不是亲哥哥。风起跟瑜美没有血缘关系。"

这话刺了瑜美公主一下，提醒爸爸可不是她亲生爸爸。

去年，瑜美公主才知道自己有这个亲姐姐，同一个爸爸，同一个妈妈，只不过瑜美公主身上多了儒艮的遗传基因。但是，瑜美公主没有见过她的亲生爸爸。她的亲生爸爸被一只受伤的麻雀害死了。

那个亲生爸爸太陌生了。国王爸爸才是最疼爱她的爸爸。她不会因为爸爸不是亲生的而把他从她心里剔出来。她心里还保留一个空间给这个爸爸。爸爸是国王，她是公主，永远是。

姐姐没见过她的国王爸爸。姐姐只是听故事，把她爸爸当坏人。妈妈更对爸爸充满仇恨，把爸爸当作头号敌人。这个国王爸爸，就只是瑜美公主一个人的。国王爸爸，也就只剩下瑜美公主了。

瑜美公主本来还有一个弟弟小孙，是国王的亲生儿子。前年，不一样王国被毁灭，小孙被军人捉走了，至今杳无音信，凶多吉少。爸爸现在无亲无故，真的只剩下瑜美公主了。

瑜美公主吃了饭回房去，就泡在水桶里，面对窗口，等待爸爸进来。她把窗子敞开，风好大，呼呼地吹，吹得她眼睛张不开，吹得她打瞌睡。

瞌睡醒来，她觉得这样等爸爸不妥。房间里亮着灯，灯光照出窗外，爸爸若出现在窗口，别人也看得见。不对，应该把灯关掉。海阔哥哥也真是的，只说不要关窗，没说不要开灯。

瑜美公主关了灯，眯着眼睛看着窗外天空，天空的星星明亮起来。关了灯，风浪声也变得比较强劲，风飒飒地吹，浪哗啦哗啦地拍打。管那什么大风大浪，瑜美公主头一歪，只想睡。

她睡睡醒醒，睡着时头往下掉，一震又醒过来。醒来睁开眼睛，窗口空空洞洞，看着看着，又昏昏欲睡。

睡梦中，听见熟悉的声音轻轻呼唤："瑜美，瑜美……"

恍惚中醒来。

一个光头靠在窗棂边，爸爸的声音在问："宝贝，醒来了？"

瑜美公主揉揉眼睛，不是做梦吧？她激动地喊："爸爸！"

爸爸抓紧窗棂，一跃而入，湿淋淋站在瑜美面前。

瑜美扑过去，投入他怀抱，把头埋在他胸口，不禁呜咽哭泣。爸爸长长的手臂轻轻搂住瑜美公主。

瑜美公主闻到猩猩体毛的味道，味道是那么陌生。她

这才想起，她从来没有这么抱过爸爸。

不，是爸爸从来没有这么抱她。爸爸偏心，只抱弟弟，不抱瑜美公主。不，爸爸不是偏心，是瑜美公主总是湿漉漉的，爸爸不想把自己弄湿。现在，爸爸的身体也湿了，是浪打湿的吧？

那股猩猩味道不好闻，瑜美公主把爸爸推开。抬头，额头触及爸爸的胡子。爸爸几时留了大胡子？

"爸爸，你还好吧？"

"我很好，我天天看你表演。"

瑜美公主愕然。爸爸躲在观众群中？

爸爸挪开，一屁股坐在桌子上。

瑜美公主的房间里，没有椅子，只有桌子。

"我在山上用望远镜，看得一清二楚。"

瑜美公主转移轮椅，面向爸爸："你在山上……"

难道爸爸就是那个道士？

爸爸直截了当地说："是的，我就是山上那个道士。我剃光了头，留了胡子，装成道士。"

瑜美公主还是不明白："那个道士，不是地主吗？海阔哥哥说是地主。"

"嘿嘿，我就是地主。"爸爸得意地回答。

"可是，海阔哥哥说的地主另有其人。他说地主有老婆有孩子，全家人患上禽流感死了，才隐居在山上修炼……难道海阔哥哥说的都是谎言？"

"海阔说的都是真的。那是地主的前身。后来那个地主死了，我就利用他的身份，在道观里隐居。"

"爸爸，你……"瑜美公主说不出口。

"宝贝，你要知道，我需要一个身份，光明正大地活下来。我不能再做那个躲躲藏藏的井本医生。做一个隐居的道士，最适合我了。更何况，他还有一大块土地。"爸爸努力地解释。

这不是瑜美公主要的答案。瑜美公主鼓起勇气问道："爸爸，你……你杀了他？"

"呃……"爸爸看着瑜美，不知道怎么回答。

瑜美公主已经知道答案，低下头，眼泪又淌下来。她以为爸爸改过自新，重新做人了，没想到他依然故我，杀人如麻。她因为有这样的爸爸而伤心。

爸爸从桌子上跳下来，半蹲着对瑜美公主说："宝贝，你别这样，爸爸并没有杀死他。爸爸到处躲藏，爬上山崖，在道观里借宿，那个道士收留了我……他对我很好，我也对他很好。他身体不好，对，他身体不好。我照顾他，他死后，把所有遗产都留给了我。"

瑜美公主怀疑爸爸胡编乱造，质疑道："为什么他要把遗产留给你？你跟他非亲非故，为什么他要对你那么好？"

爸爸把手搭在瑜美公主的肩膀上，解释说："因为我对他好啊！我和他非亲非故，对，非亲非故。可是，他也无亲无故啊！他的家人全都死了，他不留给我，要留给谁？我这么说，没有道理吗？"

瑜美公主抬头看爸爸。

爸爸和她对视，眼睛对着眼睛看，问她："宝贝，你不相信爸爸？"

瑜美公主点头："爸爸，我相信你。"

她选择相信爸爸，一定要相信爸爸。

"你相信爸爸就好了！我是那个地主的恩人，他把遗产留给我，也只是报恩。"

报恩？地主的家人死于H4N13禽流感，这禽流感病毒是爸爸制造的，散播禽流感的鸟是爸爸饲养的。他的家人是爸爸害死的。他还报恩？

"他不知道你做过的事吧？"

"我做过什么事？"爸爸站直起来。

"你害死他的家人。"瑜美公主直白地说。

爸爸叉腰，激动地反问："我几时害死他的家人？他的家人是感染禽流感而死的啊！"

瑜美公主说："禽流感的病毒是你制造的。"

"我制造病毒，是为了救人。我在研究禽流感的特效药，你不是很清楚吗？"爸爸的脸孔扭曲了。

瑜美公主反驳："你放出有病毒的鸟，害死全世界半数人口！"

"什么？"爸爸跳起脚，说，"鸟是我放出来的吗？我把鸟关在鸟屋里，是谁破坏了鸟屋？是风起啊！是风起把鸟放出来，差点害死全世界的人类！你怎么把罪名安在我头上？是风起对你说的吗？"

瑜美看见爸爸暴怒，不想和爸爸争辩下去，说："没有，不是，爸爸……"

有人敲门。

爸爸听见敲门声，附在瑜美公主耳边说："你给我离风起远一点！"

他说完，从窗口逃窜。

瑜美公主移向窗边，看着爸爸乘电瓶船离去。

敲门声又响起。

"来了——"瑜美慢慢去开门。

妈妈出现在门口："瑜美，发生什么事?"

"没有啊……"

"我好像听见说话声。"

"我……做梦……说梦话。"

"为什么地上湿湿的?"

"我做梦。"

"为什么打开窗户?"

"我想吹吹风。"

"关上吧，"妈妈走进来，"着凉了不好。"

瑜美移动轮椅，挡住妈妈："妈，你忘了吗？我不怕凉，我怕热。"

"哦。早点睡吧。"

妈妈转身离开，顺手把门带上。

瑜美公主移向窗边，把头探出去，没有再看见爸爸的身影。

像一场梦，来去无踪，只留下耳边那句话："你给我离风起远一点!"

7. 风起要让瑜美赢

星期二，表演结束后，风起回别墅休息，等待观众散场。

他坐在别墅门边，看着快艇纷纷离去。

不一样游乐园关闭后，他才敢走出门口。

他怕遇见观众。观众对他总有各种各样的要求，有些要求实在莫名其妙——有的要风起用翅膀搂住他们，有的要风起在他们头上飞，有一个女孩更过分，要风起在背后用手蒙住她双眼并且把翅膀张开来。

面对这些合理或不合理的要求，只要风起办得到都不会拒绝。管石姐姐说，观众是衣食父母，不可得罪他们。尽管如此，风起对他们还是敬而远之，能避就避开。

傍晚六点，天还亮着。

每天此刻，风起和瑜美公主约好在"天涯海角"见面。

"天涯海角"在海湾边，是岬角伸出来的尖端，那里有六块相连的大石头。涨潮的时候，那里就变成六块分开的小石头。

今天傍晚，石头不大不小，风起飞过去时，瑜美公主已经在那儿等他。她扶着一个轻型橡皮艇，在水里把它推来推去。

风起降落，两脚踏在橡皮艇上："今天要我划橡皮艇?"

"不是，"瑜美公主做个鬼脸，调皮地说，"给你飞的。"

风起觉得奇怪，橡皮艇是给人在海湾内划着玩的，怎能飞?他脑筋一转，猜到瑜美公主的用意。

"你要我抱着橡皮艇在空中飞?"

瑜美公主猛点头，笑得眼睛如弯弯月牙儿："对!对!"

风起坐在橡皮艇上，摇摆着双桨，说："这个橡皮艇，是要这样玩的。抱着它在天上飞，多别扭啊，哪有意思?"

"有意思，有意思。"瑜美公主解释，"每次跟你比赛，你在天上飞，比我游得快。这不公平。海水的阻力比空气的阻力大……"

风起绕着瑜美公主划船，划得起劲。

"呵呵，那是天意，我也没有办法啊!"

"有办法，"瑜美公主指着橡皮艇，"它给你阻力。你抱着橡皮艇在空中飞，我在水里游，我们比赛，看谁快。"

风起想象自己在空中抱着橡皮艇，简直像一个大笨蛋。

"瑜美，不好吧？"

"好！"瑜美公主语气坚定，"我们来比赛，终点就在白色灯塔。如果你赢了，你坐在橡皮艇上，我推着你回来。如果我赢了，你划船拉着我回来。"

"嗯……"风起停止划船，想拒绝瑜美公主，又不忍心。他疼爱这个小妹妹，对她很难开口说不。

瑜美公主摇晃橡皮艇，撒娇地呼唤："风起哥哥……"

风起发觉橡皮艇前头挂着一束绳子。他把绳子解开，绑在自己腰间："好吧，就这样。"

瑜美公主欢欣地说："对，就这样，把橡皮艇绑住。"

风起拍打翅膀，朝天空飞起来。

橡皮艇被他拉扯上去，两支船桨晃晃荡荡。橡皮艇和船桨并不重，只是这么吊着飞，很难看。

瑜美公主在下面拍手叫好："好！飞起来了！风起哥哥太厉害了！"

风起想速战速决，在上面问道："现在可以开始了吗？"

瑜美公主大声喊："一、二，开始！"

风起不想飞得太快，不想赢瑜美公主。他想让瑜美公主获胜，但是他又不想做得太明显。风起决定，开始时尽快飞翔，接近白色灯塔时，再慢下来，让瑜美公主取得最后胜利。

他拍打翅膀，奋力向前飞，超越瑜美公主。

瑜美公主在后面狂追，忽然她一个猛子扎下去，从水面消失，不见人影。她潜水而游。

看不见瑜美公主，他就不好拿捏了，不知该飞多快。

白色灯塔在水平线现身了，好像从水里升起来的半截白蜡烛。

他放慢速度。宁可慢，不可快。赢了瑜美公主的话，会让她不高兴，这场比赛就没有意思了。

风起低头寻索，四处张望。

瑜美，瑜美，你在哪里？

他望见一艘快艇追过来。

快艇的扩音器，朝着风起呼叫："风——起——王——子——"

他心里重重一颤，遇上麻烦了！这么巧，碰上观众。怎么办？

管石姐姐说过，遇见追星者，不要刻意回避，要主动对他们挥手。如果能够，对他们呼喊"我爱你"。管石姐姐说，自古以来，明星都这么做，不必感到不好意思。

风起就是不好意思，不想随随便便说"我爱你"。但是他还是得表示友善。他折回头，在快艇上面盘旋，对里面的人挥手。

他没有看见追星者的模样，尽了力就好。他诚恳地挥挥手，然后转身，继续飞往白色灯塔。

快艇仍然在后面播音："风——起——王——子——下——来——"

风起快飞，当作没有听见。

他摆脱快艇，展翅疾飞，冲向白色灯塔。

白色灯塔已经有名无实，有塔没灯。塔身被水淹去半截。上半截露出海面，剩下一行三个窗口，像三个黑色方格子。

瑜美公主从第三个黑色方格子钻出来，对风起招手。

她先到。她赢了。她咧开嘴笑，露出一排白牙齿。

看她开心的样子，风起心里感到惬意满足。

"风——起——王——子——"

那艘快艇不放弃，远远追来。

风起飞近瑜美公主，指着后面的快艇，问瑜美公主："怎么办?"

瑜美公主咯咯笑，好像不关她的事，说："风起哥哥，你去应付吧。不要让他们见到我。我躲在灯塔里好了。"

风起无奈，解开腰间的绳子，把橡皮艇交给瑜美公主。

"好吧。你帮我看着橡皮艇，我去看看就来。"

"谢谢你，风起哥哥。记得，对他们说我爱你。会吗?说，我爱你。"瑜美公主接过绳子。

风起噗噗飞起："你等我，不要离开。"

瑜美公主顽皮地喊道："祝你好运！风中王子！"

风起飞向快艇。

瑜美公主叫他"风中王子"，让风起想起一件事。

在不一样游乐园的舞台上，他的艺名是"风中王子"。观众都喊他"风中王子"。可是，刚才呼喊他的快艇，叫他"风起王子"。

"风起王子"是他的旧名。以前，在不一样王国，井本医生是国王，风起和海阔都是王子，瑜美是公主。前年，不一样王国毁灭了，风起是风起，海阔是海阔，只有瑜美还叫公主。瑜美生来就有公主气质。

快艇里到底是什么人？怎么知道他以前的名字？

风起飞近快艇，想看清楚快艇上的人物。

快艇甲板上站着一个三十岁左右的女人，身材略胖，穿宽阔的花裙子，戴宽檐帽。女人一手摁着帽子，一手按捺裙子。她怕帽子飞走，也怕裙子掀开来。

她是谁？

风起飞得更近了，端详在帽子阴影下的脸庞。

她瓜子脸，高挺的鼻子上架着一副黑色太阳眼镜，只见细长的眉毛，看不见她的眼睛。

她对风起亲切地微笑，红唇皓齿。

她是谁？是敌是友？

风起不认识她。

8. 瑜美说出大秘密

　　瑜美公主捯着绳子，拽着橡皮艇，要把橡皮艇拽进灯塔。半只橡皮艇进去后，双桨卡在窗口，再也进不去了。

　　她只好作罢，把绳子绑在灯塔中间的旋转楼梯上。

　　灯塔里面黑蒙蒙，有一股陈腐馊臭的味道。

　　上面一个黑暗的角落，发出沙哑的声音："风起王子……走了吗?"

　　瑜美公主波澜不惊，从容地回答："走了。"

　　一只老鹰从阴暗处噗噗飞下来，立在灯塔里面的橡皮艇上。

　　他有人类的头颅，不过头颅只有苹果般大。没有头发，眉毛稀疏，五官清晰可见，是一张人脸。脸上皱纹密布，是一张老脸。

"出人头雕，好久不见，你还好吧？"瑜美公主问候。

他似乎没有听见瑜美公主的问候，只顾抻长脖子，望着窗外，喃喃说："你看……风起王子。他飞……飞得多好啊。飞得……比鸟还好。他……飞得比我好。我……很久没有飞了。"

"出人头雕，你刚才不是从上面飞下来吗？"

出人头雕徐徐转过头来，注视瑜美公主，叹道："唉！这算飞吗？我在这个塔里……扑上扑下……算是飞吗？飞上天空……才算是飞。"

瑜美公主说："飞上天空，还不简单吗？夜黑风高的时候，你可以出去飞一飞啊？"

出人头雕摇头："不不不不……我怕给人类看见。"

瑜美公主批评道："出人头雕，你的胆子也太小了！"

出人头雕颤着嘴唇说："你不是鸟……你不知道。人类多可怕！……要不是……我躲在这里……早就死了。我是……世界上……最后一只鸟。"

瑜美公主抬杠说："错！你只是最后半只鸟，不是一只鸟。"

"对……对……"出人头雕哀伤地说，"最后半只鸟。风起王子……也是半只鸟。他半只鸟……能飞。我半只鸟却……不能飞。"

出人头雕说到伤心处，低头抽泣。

"出人头雕，你不要伤心。"瑜美公主伸手抚摸出人头

雕的头，又马上把手缩回来，好像怕被烫到。出人头雕的头是热的。

　　出人头雕也把头缩起来。瑜美公主的手是凉的。

　　瑜美公主想了想出人头雕的处境，找出他多愁善感的根源，于是说："出人头雕，你关在这里，没有见到别人，没有跟别人说话，太孤单了，容易胡思乱想，容易伤心。"

　　出人头雕哽咽着说："我……不想见到……人类。人类让我……更伤心。"

　　瑜美公主坚持说："不。你必须跟人说话，心情才会开朗起来。我又不能常常来这里陪你说话。不如这样，我告诉风起，让他来和你说话。多一个人说话……"

　　出人头雕打断瑜美公主的话："不不不不……这是秘密。我在这里……是秘密。秘密……就是秘密。因为是秘密……我才活着。如果……太多人……知道，秘密……就不是秘密……我就会……死……"

这一年来，瑜美公主帮出人头雕保守秘密。出人头雕的秘密是小秘密，她守得住。这个秘密很轻，在她心中没有重量。她知道也好，不知道也好，对她并不重要。

现在她心中又多了一个秘密。这个秘密是大秘密，有分量，沉甸甸的，硌在心里难受。她要说，又找不到对象。现在她来到塔里，看见出人头雕。出人头雕可以守住她的秘密，他不会跟任何人说话。

"出人头雕，我有一个秘密，想告诉你。"

"你……也有秘密？说吧……你们发生什么事……我都不管。你要说……我就听。说吧……我听听……也好。"出人头雕转过身子，伏在船头，专心聆听瑜美公主说话。

"出人头雕，我爸爸并没有死。"瑜美公主说。

"国王没死……这也是秘密吗？我没有死……才是秘密。"

出人头雕躲在塔里，外面发生什么事情他都不知道。没有人告诉他国王死了，也没有人告诉他国王还活着。瑜美公主现在告诉他国王没有死，对他来说只是一个消息，不是一个秘密。

"我爸爸没有死，可是我对别人都说爸爸死了……"

"为什么……你说谎？"出人头雕责问。

"海阔说，我必须告诉别人爸爸死了，别人才不会去找

他，他才能够保住性命。大家都以为我爸爸死了。我爸爸
没有死，就是一个秘密。"

"哼！"出人头雕别过脸去，似乎不想听。

瑜美公主不管他听不听，她必须把不能跟别人说的话
说出来。她急急忙忙地说："我爸爸没有死，就躲在我家旁
边的山上。每天偷偷看我们，看了一年，我还不知道，直
到上个月……"

瑜美公主一口气说完，说得很兴奋。能和爸爸重逢，
是多么高兴的事。这么高兴的事，她一直压抑在心里，今
天才哗啦啦说出来。她说完之后，心里如释重负。

出人头雕听完，不以为然，撇一撇嘴，说："有什
么……好高兴？"

"他是我爸爸啊！"瑜美公主解释。

出人头雕愤愤不平地说："国王是坏人！……该
死！……要是我……见到他……杀死他！"

"你胡说！"瑜美公主怒吼，"我爸爸不是坏人！"

"他是坏人！他用人类……害死鸟类！……坏人！"

瑜美公主反驳："鸟类不是我爸爸害死的。鸟类是其他
人杀死的，跟我爸爸没关系！"

"有关系！"出人头雕语焉不详，却努力要把事情厘
清，"国王养毒鸟……毒鸟害死人……所以……所以……人
类报仇……把鸟杀死！……是国王……害的！……坏

人！……坏人！……"

"你胡说！"瑜美公主气得涨红了脸，她紧握拳头，吼道，"我爸爸说，不是他害的。那些毒鸟，是风起哥哥放的，是风起哥哥害死人！"

"……坏人！……坏人！……"出人头雕不停怒喊着，听见瑜美公主说是风起害的，又放软嗓子，好奇地问，"你说……是风起……害死人？"

瑜美公主发觉自己说错了。虽然爸爸指责风起哥哥，她不认为风起哥哥是肇祸之人。她改口说："不，不是风起哥哥害的。风起哥哥是好人。"

"对！风起王子……是好人！"出人头雕附和说，话锋一转，又说，"国王……是坏人！……坏人！……大坏人！"

瑜美公主气得大发雷霆："出人头雕！你给我闭嘴！不然我拔光你的羽毛！"

出人头雕吓得赶快往上飞，躲在黑暗的角落。

瑜美公主挥着拳头，怒气未消："气死了！"

出人头雕在黑暗中怯怯地说："瑜美公主……别生气。不要说……我在这里……这是……秘密。"

瑜美公主不吱声，不再理睬出人头雕。她气鼓鼓地望着窗外。

风起哥哥怎么还不回来？

9. 风起替海阔辩护

　　风起降落在甲板上，就站在花裙女人跟前。这是反常的。以往，遇见快艇里的追星者，风起都保持距离，只在空中打招呼，不会下船。风起也不明白为什么自己会这么做。这个花裙女人，既陌生又熟悉。

　　花裙女人摘下太阳眼镜，露出清澈明亮的眼睛，问道："风起王子，你还认得我吗?"

　　风起王子挠挠后脑，摇摇头。

　　这个嗓子，似曾听过。

　　花裙女人再脱去帽子，叹道："唉! 风起王子，两年不见，你就认不得我了。我完了，我完了，真的太胖了!"

　　风起低下头，琢磨她说的"我完了"，马上想起一个人，喊道："米娜?"

米娜高兴得尖叫："风起王子！你记得我了！"

她还是保守的，没有过来抱住风起。

风起说："我当然记得你，你是我们的恩人呢！"

"不！"米娜摇手，"风起王子，你记错了。你的救命恩人是蛋猫，不是我。"

风起说："蛋猫是我的救命恩人，你是拯救我们不完全人类的恩人。是你告诉我们任教授还没有死。因为任教授活着，我们才发现井本医生的阴谋。要不然，我们全被蒙在鼓里，被他玩于股掌之上。"

"前年的事，你都记得！"米娜雀跃。

以前米娜总是一脸愁容，难得见她像今天这么高兴。

"我永远不会忘记。前年的每一幕，都留在我的脑海里。"风起指着自己的脑袋。

米娜嘟嘴："可是，你刚才又认不得我。"

"我认不得你，是因为你变漂亮了。"

"哎哟，"米娜叫起来，"两年不见，风起王子变得会花言巧语了。"

"我不是花言巧语。以前你没有鼻子，样子还挺吓人。"

风起说的是大实话。以前米娜的鼻子被井本医生挖去了，脸庞中央露出一个猩红大洞，挺吓人的。风起以前并不敢多望米娜一眼，难怪今天一下子不认得她。

米娜摸着鼻子："我以前也是有鼻子的。鼻子被割掉之前，是一个塌鼻子。现在整形，做得有点过分，太挺了。"

风起发觉她的另一个改变。以前，因为鼻子漏风的关系，她嗓子空洞，带着咝咝杂音。现在，她话音清亮干净，咬字精准明确。

"风起王子，余妈妈呢？她好吗？"米娜问。

米娜以前和余妈妈情同姐妹，一开口就先问起她。

"余妈妈很好啊，她跟我们住在一起，在不一样游乐园。"风起说。

米娜惋惜地问："怎么我刚才没有看见她？"

风起想起来，问："刚才你去不一样游乐园了？"

"是，"米娜说，"我从网上看见你们的消息，特地租一艘快艇来看你们的演出。我看见你和瑜美公主，看见蛋猫和出手，看见海阔，就是没有看见余妈妈。"

风起笑着说："余妈妈没有参与演出，你当然见不到她。她在幕后，负责给我们做饭。"

"她给你们做饭？饭应该由我来做。"

米娜曾经是余妈妈和瑜美公主的女佣，帮余妈妈做饭。

"对呀！你去不一样游乐园，就应该来找我们。怎么悄悄地来，悄悄地走？你太不够朋友了！"风起责怪米娜。

"风起王子，我多么想进去找你们，可是，我哪里敢啊！"米娜做出受惊吓状，"我怕遇见国王。遇见国王，我就完了。"

风起听了忍俊不禁，说："国王？国王早就死了，你怕什么！"

"国王死了？"米娜振臂欢呼，"太好了！国王什么时候死的？"

"我们离开不一样王国的时候，国王就死了。他的死，还跟你有关系呢。你偷走了他的汽船，留下他和海阔在岛上。军队来时，海阔躲在海里，国王躲不过，被消灭了。"

风起的消息，是从海阔那里听来的。

"哈哈哈……"米娜开怀大笑。

米娜真的变了，以前她愁眉不展，现在动不动就大笑。她笑完，又严肃起来，说："国王死了，我还是不敢去。我怕海阔，海阔还在……"

风起连忙解释："海阔变了，变好了。你不用怕。国王死后，海阔知道错了，认真改过，重新做人……"

"你们信他？"米娜一脸狐疑，"风起王子，你们都是好人，好人很容易受骗。海阔那么能言善道，我怕你们给海阔骗了。"

风起帮海阔辩护："海阔不是用嘴巴说说而已，他认真悔改，他用行动来表示。我们现在拥有这个不一样游乐园，就是海阔一手建起来的。"

米娜还是不相信："一定有问题，他哪来那么多钱？"

　　风起解释："我们离开不一样王国后，海阔一个人留在那里。他留下来打捞钻石王冠。去年，他终于捞起三个王冠，变卖后，得到一笔钱，才有能力租一块地，建立不一样游乐园。"

　　"所以……"米娜心中充满疑团，"不一样游乐园由他管理？"

　　"是。"风起回答，"钱是他出的，他想怎样就怎样。"

　　"不对，"米娜鸡蛋里挑骨头，"那三个王冠，一个是你的，一个是瑜美公主的，那笔钱，你们也有份……"

　　"米娜，你不能这么说，要不是海阔辛辛苦苦打捞，我们也没有办法找到那三个王冠……"

　　风起对海阔完全信任，不想让米娜来挑拨。

　　"那么门票的收入，你们怎样分？"米娜显得斤斤计较。

　　"海阔收。他要付租金。再说，不一样游乐园的开销相当庞大。"

　　风起对金钱没有概念，让他管理，他才不要。海阔愿意扛起这个责任，他高兴都来不及呢。

　　"他付你们多少工资？"米娜又问。

　　"我们没有工资。"风起说。

　　"没有工资？"米娜做出难以置信的模样，"你们演出，他收钱。他把你们当摇钱树，剥削你们……"

　　"不不不，"风起忍受不了米娜这么污蔑海阔，"米娜，你相信我，也要相信海阔。我们现在生活在一起，什么开销都由海阔负责，我们要什么有什么，不需要用钱。我们已经很知足。"

"可是……他就靠你们表演啊……"米娜的声量变小，语气逐渐虚弱。

"我们在那里表演，是我们的付出。我们能够靠自己的努力，养活自己，我们已经很感恩。要不然，我们不完全人类还能够做什么？海阔只是扮演协调的角色。他帮助我们，不是害我们。"

风起说的是真心话。这一年来，在不一样游乐园里，虽然有时候他和海阔的意见不合，大家还算相处愉快。

米娜似乎被动摇了："风起王子，海阔真的变好了？"

风起确定地说："真的。欢迎你搬回来和我们住在一起。我们的生活过得真不错，还是一家人。日久见人心，你住久了就会发觉，海阔真的变成了好人。"

"其实……"米娜扭着手臂，小声地说，"我的生活也不怎么好。如果我搬回来，我能够带有点花一起回来吗？"

"当然可以！求之不得！我们都很想念有点花。"

有点花是推翻不一样王国的大英雄，风起要好好报答它。

"可是……我担心海阔……"米娜犹豫着。

风起觉得烦，说道："我都说过，海阔变好了。"

"有点花和海阔有仇，我担心海阔还记恨。"米娜说出隐忧。

风起觉得米娜的担心是多余的，即使以前有仇恨，现在应该冰释。

"我看海阔不会有问题。你带有点花来吧。"

米娜谨慎地说："风起王子，你先回去，问一问海阔。要是他愿意让我们回来，你再通知我，好吗?"

风起提议说："米娜，要不，你现在就跟我回去，我当面问海阔。你也该和余妈妈见面了。"

"现在晚了，我还要赶回家，路途远着呢。"米娜给了风起一个号码，抱歉地说，"对不起，我忘了叫快艇停下来，害你要多走路了。"

风起这才察觉，快艇已经行走好一段路，离白色灯塔更远了。他和米娜说了太多话，耽误了时间，瑜美公主一定等得很心急。风起急忙说："米娜，我该走了。回去我马上帮你问海阔。"

"不急不急，这件事不急，什么时候问都不要紧。"米娜说，"天快暗下来了，你快回去吧。再见!"

"再见!"他拍拍翅膀，飞了起来。

10. 风起不了解海阔

瑜美公主果然大发雷霆。她一见风起过来就大声吼叫："你去了哪里？现在才回来！把我丢在这里！……"

"我……"风起飞过来，抱住橡皮艇，想把它拽出来，说不出一句话。

"我急死了……还以为你出了什么事……"瑜美公主在塔里哭了。

"我……"风起竭尽全力，也无法把橡皮艇拽出来。

瑜美公主看了，扑哧一声破涕为笑，在塔里解开绳子，让风起把橡皮艇拽出去。

风起跨上橡皮艇，握住桨柄，说："这次我输了，拉你回去。"

在大风大浪里，其实他没有把握划得动橡皮艇。

瑜美公主一头栽进水里，从风起前面冒出来，挡住风起的船头，说："等一下，你先说清楚，你去了哪里？"

"我去快艇那里，不小心跟着快艇走了。你猜我在快艇上遇见了什么人？"风起笑着问。

瑜美公主大声喝道："说！我不要猜！人家都急死了！你还嬉皮笑脸，说话慢吞吞！"

风起赶快说："米娜！"

"什么？"瑜美公主一下子怔住。

"米娜！"风起重复。

"米娜？你见到米娜？为什么你不带她来见我？"

瑜美公主是由米娜照顾长大的。

"她赶时间，要回印尼去。"风起说。

"赶时间？为什么你们又花那么多时间在一起？"瑜美公主质疑。

"因为她有很多话要说，"风起想起他的疏忽，"我也没有告诉她你在灯塔里。"

"好吧。你们说过什么，你全要告诉我，一句都不能遗漏。"

瑜美公主上半身压在船头上，橡皮艇的尾巴翘起来，风起失去平衡，身体往前倾，差点儿和瑜美公主头撞头。

风起抱怨说："这样，我怎么划船？"

"你不需要划船，只管把话说清楚。"

瑜美公主大尾巴一扫，橡皮艇旋转半圈，掉了头。头变尾，尾变头，橡皮艇往不一样游乐园的方向直驰而去。

风起放开手里的船桨，一五一十复述他和米娜的谈话。风很大，他说得很费劲，米娜说过的话，他自己说过的话，只要他记得，他会坦诚交代，全盘托出。瑜美公主听不清楚时，他就大声再说一遍。

他说完后，瑜美公主沉思一会儿，说："米娜和有点花要回来，海阔哥哥未必会同意。有点花曾经拿枪指着海阔哥哥，米娜也偷走他们的汽船。你别看海阔哥哥装得很大方，其实他小气得很。"

"那是前年的事了。那些事的起因，跟你爸爸有关系。"风起提起井本医生，怕伤害瑜美公主，说话磕磕巴巴起来，"你爸爸……你爸爸……死了。一切……都过去了。海阔……应该不会记恨。"

"我爸爸的死……"瑜美公主欲言又止。

她爸爸的死，是她的伤心事。风起马上道歉："对不起。"

"海阔哥哥会记恨。我知道。"瑜美公主一口咬定。

风起觉得瑜美公主对海阔有成见，也不跟她争。

两人回到不一样游乐园。瑜美公主拖着橡皮艇回了水上房子，风起飞回草坡上的别墅。

别墅是一幢很大的平房，有五个带浴室的房间。当年地主有四个孩子，一家六口都住在这里。现在，五个房间只用了两个，三个空着。风起想，米娜和有点花来这里，不怕没有地方住。

风起在门外的毯子上把脚板擦干净，才踏进别墅。

海阔跷着二郎腿，坐在客厅里看墙壁上的网络电视，并没有瞥风起一眼。

风起清一清喉咙，对海阔说："我遇见了米娜。"

海阔拉长了脸："她来做什么？"

"看我们表演。"风起说。

"买票进来？"海阔问。

"是。她混在观众里，没让我们知道。"

海阔不发一言，继续看电视。

风起站在客厅里等他说话，他没再说什么。风起只好直说："米娜想带有点花搬来住在我们这里。"

海阔转过头来，瞅着风起问："你答应了她？"

"我说应该没有问题。不过她叫我回来和你商量后再给她答复。"

海阔抿嘴点头："嗯，是应该商量后才答应她。"

他似乎在怪风起自作主张说"应该没有问题"。

"那么，"风起问，"你认为好不好？"

"什么好不好。"海阔没听明白。

"米娜和有点花搬来和我们一起住，好不好？"风起低声下气。

海阔反问："他们急着要搬来吗？"

风起想了想米娜说过的话："不急。"

"不急就以后再商量吧。"海阔补充一句，"我还需要考虑考虑。"

风起观察海阔。瑜美公主说得没错，海阔还会记恨。风起后悔了。他不该这么仓促提出这个问题，应该先盘算盘算。如果这件事由瑜美公主提出，海阔应该会答应。瑜美公主了解海阔，风起并不了解。

海阔对风起说："我们真的有更紧急的事情要讨论。我跟他们说过了，今晚八点开会。"

"开会讨论什么？"

风起想，有什么事比米娜和有点花更重要？

"说来话长，"海阔分明不想说，"等一下开会时再一起说，你赶快去洗澡吃饭，别耽误了时间。"

海阔比风起小几个月，说话的语气却像是风起的老大。

为什么会变成这样？风起自己都想不透。是不是自己太懦弱了？风起要好好反省自己。

风起乖乖听话，去洗澡和吃饭。

11. 海阔自己的痛苦

　　星期二傍晚，海阔用眼角看着风起回房间，不禁发出嘿嘿笑声。

　　这笑声不是刻意的。它自然而然发自他心底。它不是开心的笑，而是痛苦的笑。长期压抑在内心的痛苦，找到了一个豁口，发泄出来的声音竟是"嘿嘿"。

　　每天最痛苦的时刻，就在傍晚。风起陪着瑜美公主出去玩，他的心肺就绞成一团，揣不过气来。瑜美公主总是嫌弃自己，却愿意随着风起到处胡闹。海阔揣测，原因只有一个，就是风起长得俊俏。

　　海阔不怕和风起较量，无论智力、才干、体能或学识，他都不比风起差。他样样强，唯独输在相貌。这么多年来，他最介意的是，瑜美公主对他好不好。偏偏瑜美公主对他不好，只对风起好。

瑜美公主是谁？她只是一个十二岁小女孩，拖着一条儒艮尾巴。海阔在吃醋吗？不是。她和风起之间只是兄妹之情。那又为何痛苦？瑜美公主是天下掉下来的奖品，他很喜欢，却落在风起那儿。

瑜美公主是一把尺，一把不公平的尺。衡量风起时，把风起放大了。衡量海阔时，把海阔缩小了。海阔因为自己的渺小而忍受不了，恨不得一枪把风起毙了。

海阔是好人，怎么可以杀死风起？风起是好人，这是公认的。要是海阔杀死风起，海阔岂不是成了坏人？更何况，杀了风起，瑜美公主会恨他一辈子，永远不会原谅他。

他不能够让瑜美公主恨他。他要看着瑜美公主长大，要陪着瑜美公主过日子，要给瑜美公主幸福和快乐的生活。风起死后，他必须照顾瑜美公主，他也非常乐意这么做。

可是，他不能够杀死风起。在这人类的世界，杀人要偿命的。警察会逮捕他，他会被带上法庭。法官木槌一击，就要判他死刑。他不能够被判死刑，他要留下来照顾瑜美公主，给她幸福快乐的日子。

可是，他又不能够不杀死风起。国王要风起死，他能够违抗国王的命令吗？国王说过，现在风起还有用处，留着他的命，让他表演，给国王赚钱。等国王赚够了钱，就要他的命。

风起的命只是寄存在不一样游乐园，一切都是暂时的。风起现在扬扬得意，也是暂时的。

海阔想到这里，情不自禁又笑出来："嘿嘿……"

不一样游乐园，寄存着两条生命，一条是风起的，一条是蛋猫的。国王说，他们两个背叛了他，毁了不一样王国，必须付出代价。国王先要他们付出金钱的代价，然后要他们的命。

可是，海阔不想做刽子手。他不想杀人。他要做好人。为什么不能让他做好人？他羡慕风起，风起可以做好人，快快乐乐地做好人。他对风起，只有羡慕嫉妒恨。

风起不只快快乐乐地做好人，还轻轻松松地做好人。什么事情对风起来说，都简简单单，不是负担。他说得容易，叫米娜和有点花搬来这里住。

海阔虽然不喜欢米娜和有点花，但也不想置他们于死地。可是，国王不一样。国王会要他们死。他们是风起的共犯，也背叛国王，也毁了不一样王国，如果他们来这里，国王就要海阔杀了他们。

海阔已经有风起和蛋猫两个箭靶，再来两个箭靶，他应付得来吗？风起说得轻松，以为让他们住在这里很简单。只有海阔知道，他们住在这里，是复杂沉重的事。

海阔坐在沙发上，对着墙壁，网络电视光影浮动，杂声和音乐交替响起，海阔视而不见，听而不闻。什么都没看到，什么都没听到。

他想着自己的痛苦，时间无情地飞逝。

风起洗了澡，吃了饭，把餐桌收拾干净。

八点整，该来开会的人都来了。

海阔从沙发上站起来，走到饭厅。他们就坐在别墅里的餐桌开会。

12. 海阔开会生闷气

　　海阔喜欢开会，开会让他高高在上，尝到权力的滋味。

　　他选择在餐桌开会，因为餐桌有一张椅背特别高的椅子，仿佛是为他量身定做的。

　　餐桌是旧餐桌，以前地主留下的。一张长方形梨花木桌子，配上六张梨花木椅子。椅背特别高的椅子，是给一家之主坐的。海阔在这里，就是一家之主。

　　那些来开会的人类或不完全人类，各就各位，留下一张主人椅空着。

　　他们尊重海阔。海阔心里高兴，脸孔却保持严肃。开会是严肃的事。海阔没有看他们，徐徐走过去，安稳地坐在主人椅上。他好像一个灭音器，一坐下，桌旁的闲言闲语顿然消失。他们尊重他。

坐在他左边的是管石和余妈妈。管石必须做会议记录，坐在海阔旁边，听候海阔的吩咐。

坐他对面的是蛋猫，蛋猫不算坐，是蹲。对面的位子，离海阔最远，跟海阔说话最不方便。不过，蛋猫开会通常不发言，只是列席。

坐在他右边的是风起和瑜美公主。他们两个挨得很近，手臂靠着手臂。这个海阔就不喜欢了，不喜欢又不能说什么，只能生闷气。风起是他的冤家，他的克星。不，海阔才是风起的克星。哼，等着瞧吧。

大家噤若寒蝉，等待海阔发言。

海阔不疾不徐地说："今天叫大家来开这个会，是为了讨论一个拍卖通告。管石，你来给大家报告一下这个拍卖详情。"

海阔说讨论。其实没有什么好讨论的，他心中已经有了定案。开这个会，只想显示他的民主。只有民主的领袖才是受敬爱的领袖。

"好。有一个在拍卖网的拍卖通告，是一个叫作蓬卡的人发布的。蓬卡是泰国人，没有详细资料。他要拍卖的是这匹马……"管石摁一下遥控钮，墙壁上出现白马的照片。

"白马!"风起禁不住兴奋地大喊。

哼! 谁不知道是白马? 还要他讲吗?

"对!"管石说,"这就是我们说的白马,蓬卡称之为飞马。他要拍卖这匹飞马。我们看这张照片的背景……"

风起问:"乃猜的马厩?"

哼!风起就是爱显摆,自以为聪明。

"对!"管石对风起微笑点头,"我和妈妈,上个月陪海阔去找乃猜,就到过这个地方。不过这次要卖马的不是乃猜,是蓬卡。上个月,我们找乃猜,要用五十万元买下白马,乃猜不卖,他开价五千万……"

"狮子大开口!"风起批评道。

哼!他也懂行情?

管石继续说:"这次,蓬卡拍卖飞马,底价只是五十万元。"

"这么便宜!"瑜美公主说。

海阔对瑜美公主一笑。没错。五十万元,的确不贵。

余妈妈解释:"真正成交的价钱可能会高上好几倍,价高者得。"

管石说:"这一次拍卖,不一定是价高者得。蓬卡说,除了价钱,他还考虑两个其他因素。"

"什么因素?"风起问。

嘴巴不会闭起来吗?

"第一个因素是飞马未来的环境。买主必须提供环境资料,蓬卡将亲自考察环境。他满意了,才肯卖。"

余妈妈说："他这么做，也合情合理。这证明蓬卡是爱白马的。他希望白马找到一个好归宿。"

瑜美公主欣然说："我们这里是一个好地方，还有一大片草原。我们这里占优势。"

海阔又对瑜美公主微笑。没错！我们这里景色优美，空气清新，是一个好地方。

管石说："蓬卡不但要确定环境适合飞马，他还要确定飞马找到好主人。第二个因素就是飞马的新主人。他要买主提供新主人的资料与生活照。要是飞马不喜欢新主人，他就不卖。"

瑜美公主扭头看海阔，叫道："糟了！我们这就没有优势了！白马不喜欢海阔哥哥，要是它看见海阔哥哥的照片，一定不会选我们。"

海阔尴尬万分，又不能对瑜美公主发脾气，期期艾艾说："嗯……其实……我们不一定要……用我的照片。别人也可以充当新主人。"

瑜美公主抱着风起的手臂："用风起哥哥的照片最好，白马喜欢风起哥哥，它一定会选择风起哥哥当它的新主人。风起哥哥，你说是不是？"

风起腼腆一笑。

海阔觉得瑜美公主太过分了，拿他来和风起比较。他不悦地说："风起也不行，他还未成年，不能够成为白马的主人。我们可以用余妈妈的资料，她比较适合。"

海阔后悔拿这件事出来讨论。早知道他直接吩咐管石去进行投标工作好了。

"对！"管石认同，"上个月，我们去看白马。白马看见妈妈，高兴得不停跳舞呢。"

海阔觉得够了，会议该结束了，说："就这么办。管石，你去处理这件事，用余妈妈的资料。"

"是。"管石听话地说。

风起问："我们要出价多少？"

还问？海阔轻蔑地看着风起，挺起腰板说："这不是你的事。我自己有主意。"

风起无话可说，耷拉着脑袋。

"还有什么问题吗？"海阔在会议结束前习惯这么问。

"有！"瑜美公主举手问，"米娜和有点花什么时候可以搬进来？"

为什么有这样的问题？谁答应过让米娜和有点花搬进来？要怎么回答瑜美公主呢？

"嗯……我听风起说，米娜和有点花的事不急。我们现在先处理白马的事，米娜和有点花的事以后再谈，好吗？"海阔把声音放柔软，瞅着瑜美公主说，"现在时候不早了，回去休息吧。嗯？"

瑜美公主含糊地答应："哦。"

海阔大声宣布："散会！"

他站起来，憋着一肚子气，走回自己的房间。他没把门关紧，留一条门缝，躲在阴暗处窥视。

瑜美公主操控轮椅，往后退，离开餐桌，再转头，出门了。

她应该感激海阔。海阔为她铺了一条无障碍小路，连接别墅和水屋，让她来去自如。

余妈妈和管石紧随着瑜美公主，一家人回水上房子。

风起仍然坐着不动，不知道他在想什么。

蛋猫从椅子上跳下来，走向风起，问道："米娜和有点花要搬来这里住？"

风起揽着蛋猫的脖子，一起走出别墅大门。

他们要去外面说话。

有什么话不可以留在这里说？

哼！

13. 蛋猫不知怎么说

蛋猫随着风起走，抬头看，看见站在山崖上的那个黑影。

那个黑影正在道观外，叉开腿站立，头往下望。

国王盯着我们，他会怎样想?

我们两个都是他的叛徒，他是不是想杀死我们?

蛋猫想到这里，禁不住打起哆嗦。

"冷吗?" 风起问。

"不冷。" 蛋猫说。

风起说起他遇见米娜的事，说米娜和有点花想搬过来住。

他喜滋滋地说："你们很快就会见面了。蛋猫，高兴吗?"

蛋猫心情复杂。

让米娜和有点花来，到底好不好？

蛋猫不敢确定。它小小的脑袋想得不够周全。风起有一个更好的脑袋。

可是，风起很多事情都不知道。他不知道国王并没有死，不知道国王就在上面监视他。

他们走进一个小亭里，风起坐在石凳上，蛋猫伏在他旁边。风起又问："我说米娜和有点花要来，你不高兴？"

蛋猫回答："我担心。"

"你担心什么？"

"我担心……海阔会对他们不好。"蛋猫吞吞吐吐。

"海阔怎么会对他们不好呢？蛋猫，你想太多了。"风起失笑。

"前年，米娜开走汽船，有点花夺去伽马枪，海阔不会忘记。"蛋猫很想说，国王也不会忘记，就是不敢说。

"蛋猫，我跟你说过几次了，海阔已经改过自新。前年的事他后悔死了，绝不会重蹈覆辙。"风起替海阔说话。

"那么，风起王子，我问你，海阔对你好吗？"

"他对我很好啊！"风起说，"有时候，他心情不好，说话不客气。但是，每个人都有情绪，不能怪他。他心里对我，还是很好的。"

"他心里的事你也知道？"蛋猫不忿。

"我们之间没有秘密，"风起天真地说，"小事不说，大事他不会瞒我。"

蛋猫用虎掌拍打自己的头。

风起王子，你怎么这样单纯？"那么，他晚上常常坐船出海，你知道吗？"蛋猫提醒他。

"我不知道，"风起不当一回事，"他工作压力大，晚上睡不着，出去吹吹风解解压，也是正常的。那是小事。"

蛋猫真不知该怎么说。

"如果那是小事。什么是大事？"蛋猫问他。

"今天讨论的是大事。蓬卡拍卖白马，就是大事。"风起说。

蛋猫忍不住问："风起王子，国王的生死，是大事吗？"

"国王的生死，当然是大事。不过，国王已经死了，没什么好谈的。"

"如果国王还没有死呢？"蛋猫脱口问道。

"蛋猫！海阔说国王死了，就是死了。我们要相信海阔的话。如果我们身边的人都疑神疑鬼，日子怎么过？蛋猫，你就是疑心太重，庸人自扰。不要想太多，睡觉吧。"

风起起身离开。

蛋猫不知道"庸人自扰"是什么意思，但肯定不是好话。风起踽踽走回别墅，似乎对蛋猫感到不满。

蛋猫是大老虎。老虎昼伏夜出，晚上很难睡得着。它攀上石凳，伏在上面，面对海湾。它心中很矛盾。国王活着，海阔知道，瑜美公主也知道。蛋猫要说也不是，不说也不是。

如果不说，维持现状，平安无事。如果说出来，那将会引起一场恶斗，风起可能就是那个牺牲者。

还是不说好。

蛋猫捏了一把冷汗。

半夜，它又看见海阔鬼鬼祟祟从别墅走出来，乘着低吼的电瓶船出海去了。

蛋猫走出小亭外，往山上望去，果然看见那个黑影。

那个黑影站在崖岸，望向海湾，他在看着海阔的电瓶船。

电瓶船的声音并没有离开太远。

蛋猫转动耳朵，估计电瓶船在大海兜一圈，又回过头来，然后停在崖岸边了。

蛋猫知道，海阔在岸崖边等待国王。

它抬头，不出它所料，山崖上那个黑影弯腰屈膝，跃向崖边的树丛。然后，再也看不见黑影，只见崖边树丛摇摇晃晃。

蛋猫知道，国王正从山崖爬下去。

蛋猫知道，国王又和海阔见面。

蛋猫知道得太多，心里非常纠结。

14. 海阔报告好消息

　　海阔在崖壁的山洞里面，兴致勃勃地等待和国王见面。

　　他的心情是激动的。他将完成一件振奋人心的大事。国王曾经嘱咐他把白马索讨回来。这件事上个月他没做成，被国王责怪。这个月，他将把事情做得漂漂亮亮。他相信，这一次，国王一定会赞赏他。

　　其实，他本打算把白马带回不一样游乐园后，再向国王汇报，给国王一个惊喜。但是，今天星期二，是和国王见面的日子，这个好消息，他已经按捺不住，迫不及待地想告诉国王。

　　海阔是最了解国王的人。国王不是喜爱白马，才要白马回来。国王是憎恨白马，才要白马回来。白马是不一样王国的叛徒，是不一样王国的罪犯。国王要把罪犯引渡回来，用国王的方式惩罚它。

国王当然不能露面，要海阔代劳。海阔不怕当刽子手。白马在人类的法律里没有地位，等同牲畜。杀白马无罪。前年，白马击败海阔，逆转了海阔的命运，海阔恨不得一刀捅死它。

可是，海阔知道，国王不会让白马立即死去。白马被要价五十万，杀死白马等于烧钱。国王会利用白马表演，让它赚回它的赎金，再要它的命。

海阔太了解国王了。他今晚带来的好消息，国王一定会感到满意。

"海阔？"国王的身影出现在洞口。

"国王。我在这里。"海阔学乖了，不再开灯。

国王用脚板摸索，找到海阔的电瓶船："你们今天又开会了？"

海阔欣然说："国王，你都看见了？今天有好消息，我们可以把白马买回来了。"

"买白马？多少钱？"国王平静的声音并没有露出他的喜悦。

"网络有一项拍卖，拍卖白马，底价五十万元。"海阔说。

"要五十万？这么贵？"国王吃惊。

　　这就奇怪了。上一次出价五十万，也是国王批准的。上次五十万不贵，现在就贵了？

　　"嗯……"海阔感到为难，不知怎么回答。

　　国王问："谁拍卖白马？是谁？"

　　"蓬卡，一个泰国人。"海阔说。

　　"蓬卡？他跟乃猜有什么关系？"国王焦虑地问。

　　"不知道，"海阔蔫蔫地说，"没有资料。"

　　"去查！"国王发怒。

　　海阔愕然："是。"

　　他不明白国王为何发怒。这不是一件值得高兴的事吗？

　　"他要卖白马，就这么简单，没有什么要求？"

　　国王的确高明，不需要海阔说，就知道蓬卡有要求。

　　"有要求……"海阔失去信心，变得结巴，"他……有两个要求……第一，要求……考察白马的……新环境……"

　　"他要来这里？"国王声音颤抖。

　　"他要来考察。"海阔怯怯地说。

　　"这个……"国王吁了一口气，"还有？"

　　"他要……购买者的资料和照片。"海阔说。

　　海阔不明白国王担心什么。

　　国王沉吟一阵，说："不要买，不要让他来，也不要给他资料。"

　　海阔倒抽一口气，差点儿晕倒。他弱弱地说："对不起，国王，太迟了。"

"什么！"国王怒吼，"为什么太迟？"

海阔脸颊发烫，硬着头皮说："管石做事快捷，我们开会过后，她马上开始工作，在她睡觉前，已经把资料发过去了。"

国王气得喘着粗气，厉声问："为什么你做事没有经过我同意？"

海阔吓得发抖，颤声解释："我们……今天才看见这个通告，明天就是截止日期……来不及先向你请示。"

"哎呀！"国王气得跺脚，电瓶船因而晃动。他停顿一会儿，心情逐渐平复后，再问，"你给了你的资料？"

"不是，"海阔说，"余妈妈的资料。"

"好！"国王终于肯定他，"好，用余妈妈的资料。如果他来，让余妈妈和管石接待他，你们尽量避开。不要让他知道我们的关系。"

海阔用手臂揩一揩额头的汗。山洞里太暗了，他看不见国王的表情。他不确定，国王原谅他了吗。

国王伸手拍一拍海阔的肩膀，说："海阔，你长大了，考虑周到，做事谨慎，我就放心了。还有，如果那个蓬卡来这里，不要让他知道地主住在道观里，总之，别让他注意山上。"

海阔装作懂事地说："国王，我会小心的。"

其实，他不明白国王为什么要防着那个蓬卡。

"还有什么事吗?"国王的语气变得温和起来。

海阔想起米娜和有点花的事。这事还是别说好，免得自找麻烦。

"没事了。"

国王忽然问道:"你和瑜美相处得怎样?"

海阔心中有一根刺，但是还是忍着心中的痛说:"很好啊，我们像兄妹一样，她称我为海阔哥哥。"

"真的?"国王不留情面地说，"我在上面观察，看见她天天和风起出去玩，就没有见过她和你在一起。"

海阔如被剐一刀:"我……我比较忙。瑜美也……比较喜欢风起。"

"对! 瑜美太喜欢风起了。这样不好。"国王有意考海阔，"你说，有什么不好?"

"你担心……他们做错事?"海阔问。

"会吗?"国王问。

"不会。"海阔很肯定地说，"瑜美只有十二岁，单纯善良。风起也只是把她当妹妹，不会有什么事。"

"对。"国王表示认同，"那么，两人感情太好，又有什么不好?"

海阔知道，国王有一天会杀了风起。他揣摩国王的意思:"你是说，以后……会让瑜美太伤心?"

　　"对，海阔，你真聪明。"国王终于称赞海阔，"如果他们两个太好了，到时候我下不了手啊！海阔，你知道你应该怎么做吗?"

　　海阔知道国王要他做什么，要设法让瑜美公主不喜欢风起。海阔也想啊！他多么希望瑜美公主不喜欢风起，而是喜欢他。可是，这么多年来，他一点儿办法也没有。

　　"这……真的很难。"海阔摇头。

　　"不难。回去想一想，不管你用什么手段，只要你不伤害瑜美，我都不会怪你。"

　　不是海阔要做坏人，是国王要他做坏人。他只是遵从命令去完成任务，不能怪他吧。

　　"好吧。我试试。"

　　"回去了吧。"国王离开电瓶船，船身稍微一晃。

　　海阔看见长手臂的影子翻身上崖壁后，才开动电瓶船。

　　不要怪我，是国王要我做的。

　　海阔禁不住又发出笑声："嘿嘿!"

15. 瑜美捉住船尾巴

这一天是星期三。

傍晚，瑜美在"天涯海角"等待风起哥哥。

她扶着石头，噘着嘴巴，一肚子气。

风起飞过来，低头说："我们走吧。"

瑜美公主毅然否决："不走！我偏偏不走！"

"海阔说，叫我们回避。"风起站立在石头上，收起翅膀。

"为什么要回避？"瑜美公主气呼呼地质问风起哥哥。

"海阔说，他可能是属于反对转基因人类组织的。"风起回答。

"不可能！"瑜美公主反驳，"反对转基因人类分子怎么会有白马?"

"海阔说他可能以白马为饵……"风起说。

瑜美公主实在受不了。风起哥哥怎么没有主见，只做海阔哥哥的传话筒? 他又不是海阔哥哥的奴才!

她脾气来了，嚷道:"你不要一直讲海阔说海阔说，我就是不喜欢听他说! 我就是讨厌他!"

风起噤声，不敢再说话。

瑜美公主别过头去，望着不一样游乐园。他们已经离开不一样游乐园一百米，这不算回避吗? 还要躲到哪里去?

不一样游乐园的观众已经散场离去。草坡上只有三个人。她看清楚了，左边那个是妈妈，右边那个是姐姐，中间那个高个子应该就是蓬卡吧。他们从草坡走下来，走向水上运动中心。

瑜美公主回头看风起，风起正望向别处。

"风起哥哥，你看，那个人是蓬卡吗?"

"应该是吧。海阔说，你妈妈和管石姐姐负责接待蓬卡。他在她们中间，应该就是了。"

风起哥哥还是"海阔说海阔说"，气死人。

蓬卡气宇轩昂，身材高挑，腿很长，阔步往前走。

妈妈和姐姐要小步跑才跟得上他。

瑜美公主没有腿，不会走路，特别欣赏腿长又走路好看的人。

　　蓬卡有铜色皮肤，在阳光下油亮油亮的，应该是运动健将吧。

　　他们走进水上运动中心的储藏室。走出来时，姐姐手中抱着一个橡皮艇。

　　蓬卡想划船？

　　蓬卡奔向海湾，脱去上衣和长裤，只留一条蓝色短裤。

　　姐姐把橡皮艇放在水上，在岸边牵着绳子。

　　蓬卡蹚入水里，跨上橡皮艇。

　　他向姐姐招手，邀请姐姐跟他一起乘船。

　　姐姐摇头，把绳子抛给他，再把地上的衣服捡起来。

　　他乘着橡皮艇离开海岸，朝"天涯海角"这里划来。

瑜美公主躲在石头后面，看见他乌黑的眉毛，深陷的眼窝，细小的眼睛，高挺的鼻子，丰厚的嘴唇，瘦削的脸颊。

风起躲入岬角树丛里。

瑜美公主决定捉弄蓬卡。

"风起哥哥，你在这里等我。我去看看就来。"

也不等风起回应，瑜美公主一个翻身潜入水底，游向橡皮艇。

从水里看橡皮艇，只见两支晃动的船桨。

瑜美公主捉住船尾，往前推去，橡皮艇快速向前。

两支船桨胡乱挥动，可见蓬卡慌手慌脚。

哈！吓坏他了吧。

瑜美公主真开心，瘪着的嘴巴不禁笑出来，吐出几个气泡。

她继续往前推，身体躲在水里面，不让蓬卡看见。

水里赫然出现海阔的影子。

海阔哥哥来做什么？这个破坏鬼！

他双手左右交替比画，告诉瑜美公主不要这样。

瑜美公主捉住船尾兜半个圈，避开海阔哥哥。

海阔从后面穷追不舍。

哼，自不量力，短手短脚拼命划动，还是龟速。

瑜美公主大尾巴一拍，飞快向前，把橡皮艇推出大海。

海阔哥哥，追吧！追吧！这次就不让你赢！

　　瑜美公主不知游了多少里，回头，再也看不见海阔的影子。

　　她放开橡皮艇，探出头来换一口气。

　　掳了这个人来这里，要怎么处置他？

16. 瑜美趴在船头上

瑜美公主在水里冒出头来，吸一口气。转头，看见蓬卡。

蓬卡坐在橡皮艇里，对着瑜美公主微笑。

"海底公主？"

"海底公主"是她的艺名，那是海阔哥哥取的，她并不喜欢。

她郑重地说："我叫瑜美公主。"

"瑜美公主，你好！我叫蓬卡。"蓬卡伸出手。

一个在船上，一个在水里，握手很奇怪。

其实，也很奇妙。

瑜美公主趴在船头，问蓬卡："刚才没把你吓坏吧？"

　　蓬卡拍拍胸膛，心有余悸："开始时真的被吓到，后来猜想应该是你，也就不怕了。你是公主，你爸爸是国王？"

　　瑜美公主说："以前是国王，现在不是了。"

　　"退位了？现在身体还好吧？"蓬卡问。

　　"嗯……"瑜美公主考虑着，要不要跟他说实话。她不敢告诉风起哥哥爸爸还活着，怕他找爸爸报复。可是，眼前这个不相干的人，告诉他也无所谓吧。

　　"他身体还好。"

　　"那就好了。他跟你住在一起吗？"蓬卡问。

　　"嗯……"这个问题，瑜美公主又不知道怎么回答，只能模糊地说，"很近，但是不在一起。"

　　"他是哪一个国家的国王？"蓬卡又问。

　　"我们以前的王国已经毁灭了。"瑜美公主回答。

　　"哦。难怪……"蓬卡恍然说，"世界上，已经很少国家有国王了。"

　　"我们的王国很小的，很少人知道。"瑜美公主尴尬地说。

　　"很小也是一个王国啊！多可惜！我小时候很喜欢看童话故事，对小小的王国充满幻想。"蓬卡说。

　　瑜美公主问："有什么幻想？"

　　"比如说，在世界上一个隐秘的角落，有一个小小的王国，国王和国民们都过着幸福快乐的日子。有一天，这个王国被外界发现了，外界打进去，占领这个王国，国王只好逃亡，过着躲躲藏藏的日子。"

这个故事说中了瑜美公主的心思："我爸爸就是这样。"

"那么他一定很伤心。"蓬卡说。

"很伤心。"瑜美公主同意。

"很孤单。"蓬卡又说。

"很孤单。"瑜美公主重复。

"很寂寞。"蓬卡有同理心。

"很寂寞。"瑜美公主想起爸爸。

"那么，你要常常去探望你爸爸，陪伴他，给他安慰。"

"不行。"瑜美公主黯然摇头，"他躲在一个隐秘的地方，我不能去找他。"

"你们再也无法见面了？"蓬卡同情地问。

"他会偷偷来看我。"瑜美公主幽幽地说。

"偷偷？"蓬卡凝目。

"是啊。他不能让敌人知道，不然敌人会杀死他。"瑜美公主说。

"真的假的？"蓬卡怀疑地问。

"当然是真的！"瑜美公主叫嚷，"他的敌人都不知道他还活着，以为他死了！"

"你爸爸真伟大啊！"蓬卡感叹道。

瑜美公主发觉自己谈论爸爸太多了，反问："你爸爸呢?"

"我爸爸也很伟大,可惜死了。"蓬卡脸色沉下来。

"哦,对不起。什么时候的事?"瑜美公主表示关心。

"不久前。他死的时候,我在美国读书。听见死讯,我赶回来,见他最后一面。以前,我每年只回家一次,每次见到爸爸都无话可说。这次我见他最后一面,跟他说了很多话,可惜,他听不见了。"

蓬卡说完,泪水跟着流出来。

瑜美公主不知怎么安慰他好。自己的处境,比蓬卡幸运多了。

天空出现一个白点。白点飞近,是风起。风起来了。

瑜美公主对天空呼喊:"嗨!我在这里!"

风起飞低,在瑜美公主头上喊道:"瑜美,海阔叫我来喊你回去!"

又是海阔哥哥叫的。风起哥哥为什么要让海阔哥哥这样差遣?

"我不回去!你要回去自己回去!"瑜美公主怒喊。

风起也不回去,就在她头上低飞。

蓬卡礼貌地跟风起打招呼:"风中王子,你好!"

风起在空中一抖,赶快拍打翅膀腾空飞高。

太没有礼貌了!风起哥哥为什么会这样?

瑜美公主想起了,昨天海阔交代大家说,除了妈妈和姐姐，别人不可以和蓬卡说话。

风起哥哥怕海阔哥哥，一句话都不敢说。

瑜美公主才不管，跟蓬卡说话又不会怎样。

她觉得蓬卡是一个好人。跟一个好人说话，有什么要紧的？

蓬卡低声说："风中王子好像很怕我。"

瑜美公主解释："他比较怕羞。他原名是风起，我叫他风起哥哥。他演出时才叫风中王子。"

"风起？"蓬卡挠挠后脑，"是不是那个不一样王国的风起？"

"是的，是的。你怎么知道？"瑜美公主问。

"我看过他的新闻报道，他是……"蓬卡拍拍脑袋，"他是井本医生制造的。"

"对了！井本医生就是我爸爸！"瑜美公主兴奋地说。

"真的？"蓬卡喜上眉梢，"井本医生也是我爸爸的朋友。"

"不可能！你爸爸怎么认识我爸爸？"瑜美公主觉得蓬卡说谎。

爸爸住在小岛上，他爸爸住在泰国，两人怎么可能是朋友？

蓬卡说："我小时候见过你爸爸。你爸爸来找我爸爸，两人谈论了很久。后来我家母马生下一匹小飞马，我非常喜欢那匹小飞马。小飞马三个月大时，我爸爸把它卖给你爸爸。从此，就没再见到你爸爸了。"

瑜美公主终于明白事情的来龙去脉。她说："那匹飞马，我们叫作白马。"

"哦。就叫它白马吧。白马去年又出现，被关在动物园里。我爸爸看它可怜，把它领回来。我爸爸对我妈妈说，白马是属于井本医生的，一定要把它交还给井本医生。"蓬卡瞅着瑜美公主。

"真的吗?"瑜美公主的心开始慌乱，"可是，为什么你又要拍卖白马?"

"我去查井本医生的下落，发觉他死了。对不起，我不知道他还活着。我妈妈说，不久前有人要买白马，出价五十万，不过不知道是谁。我想回去美国读书，需要钱，于是上网找买主，拍卖白马。"

瑜美公主问："那么，你愿意把白马卖给我们?"

"当然不可以!"蓬卡断然拒绝。

瑜美公主失望地问："为什么?"

蓬卡说："你是井本医生的女儿，我要把白马还给你。"

"真的?"瑜美公主喜出望外。

"物归原主，分文不取。"蓬卡爽快地说。

瑜美公主想了想，反而觉得不妥。蓬卡对她这么好，风起哥哥会起疑，海阔哥哥会嫉妒，会惹来很多麻烦，不好不好。

"不好不好。蓬卡，你还是照原定价钱把白马卖给我们。"瑜美公主说。

"为什么？这原本就是你爸爸的白马。我怎么可以拿你们的钱？"蓬卡坚持，"我能够完成我爸爸的遗愿，我就满足了。"

"不行，不行……"瑜美公主望见一艘电瓶船朝这里驶来，那个驾驶员好像是海阔哥哥。海阔哥哥来了。

瑜美公主急忙说："你不能提起我爸爸没有死，那是一个秘密。除了海阔哥哥和我，没有人知道。"

"好吧。我明白了。"蓬卡善解人意，"白马卖给你们后，我还可以回来看白马吗？"

"当然可以。海阔哥哥来了，我不跟你说了。我爸爸的事，你一个字都不可以提起。"瑜美公主放开橡皮艇。

"遵命！我会保守秘密！"蓬卡向瑜美公主敬礼。

海阔哥哥和姐姐一起乘电瓶船飞驰过来。

瑜美公主翻身扎进水里。

她在海底看着电瓶船折回去，才敢探出头来。

风起还在上面盘旋。

他飞下来，问她："你和蓬卡谈些什么？"

"没什么。"瑜美公主又把头沉下去。

她感到羞愧。

　　为什么她可以把心底最重要的秘密告诉一个陌生人，
却不能告诉最疼爱她的风起哥哥？

　　她也不知道答案。

17. 风起受海阔所托

风起在茫茫大海上寻找瑜美公主，心里非常焦急。

他在空中盘旋，鸟瞰多时，也没见到瑜美公主浮上水面。瑜美公主潜入水底，风起拿她没办法。

他开始胡思乱想，担心瑜美公主的安危，海里不像空中，暗藏着杀机。万一瑜美公主遇上大八爪鱼或大鲨鱼，怎么办？

天逐渐暗下来，风起不能盲目找寻下去，只好飞回家。还没飞到别墅，就远远望见瑜美公主在"天涯海角"对他招手。

瑜美公主安然无恙，风起放下心来。刚才瑜美公主如何对待他，他已全抛于脑后，不再计较。

他飞过去，问她："为什么待在这里？还不去吃饭？"

瑜美公主娇嗔："我等你呀！为什么你这么晚才回来？"

"我没事。"风起说，"好啦，你回去吧。"

"对不起，"瑜美公主讷讷地说，"风起哥哥……你还生气吗？"

风起莞尔一笑，说："哪会生你的气？傻孩子。"

瑜美公主提出无理要求："不生气就牵我回去。"

风起只好伸出手，牵着瑜美公主回水上房子。

那两分钟路程，足以让瑜美公主笑逐颜开。

"再见。"风起放手，凌空飞起，飞回别墅去。

他在别墅门口擦去脚底污迹，就听见客厅里海阔的声音。

"风起，一起吃饭，好吗？"

海阔居然等他吃饭。这是不寻常的。

"好吧。"风起不敢先去洗澡，和海阔一起走向饭厅。

他们默默吃饭。风起几次抬眼看海阔，等海阔开口说话。海阔一定是有话要跟他说。可是，海阔也只顾吃饭，什么都没说。

吃饱后，海阔从冰箱拿出两瓶可乐，自己喝一瓶，一瓶推给风起。风起受宠若惊。海阔今天怎么这样热情？

海阔终于开口："瑜美今天的态度，你认为怎样？"

风起不想在海阔面前批评瑜美公主，解释说："她还小，还不懂事。"

海阔说："我就是怕她不懂事，乱说话，闯出大祸。"

风起觉得海阔言重了："不会吧?"

海阔愤愤地说："她太过分了！我叫她别推蓬卡的船，她偏偏把船推向大海。她知道我追不上他，偏偏欺负我。"

风起赔着笑脸："她只是爱玩。"

海阔盯着风起，说："我知道你比她快，所以让你去喊她回来。你有没有喊她?"

"有啊！她也没听我的话。"

海阔打抱不平说："什么？她连你的话都不听。这样下去，还得了吗？风起，你不要宠坏她，要劝劝她，好吗?"

"嗯。"风起含糊地答应。

"你要对她严厉一点儿，该骂就骂。疏于管教，反而害了她。"

风起心里不想骂瑜美公主，敷衍海阔说："我知道。"

"你飞过去的时候，蓬卡有没有看见她?"海阔问。

"蓬卡看见她了。"风起不想瞒骗海阔。

"她有没有跟蓬卡说话?"海阔追问。

"说了。"风起简短地回答。

"她说些什么?"海阔拧起眉头。

风起说："那时风大，我没听见他们说什么。"

"为什么你不飞过去，听听他们说什么?"海阔问。

"人家说话，我不好意思听。我相信，只是几句问候的话，没有什么特别的意思。我们不必太紧张。"风起说。

海阔解释："我怎能不紧张？现在反对转基因人类的组织一直在找碴儿，针对我们制造舆论。瑜美无论说什么，人家都可能拿来做文章。"

"不会吧？"风起觉得海阔说话太夸张。

"如果瑜美说她在这里生活愉快，人家就会说我们突出转基因人类的幸福，鼓励科学家倾向对人类做转基因试验。如果瑜美说她在这里生活不愉快，人家会说我们在虐待转基因人类，利用他们赚钱。"

风起觉得海阔真能说，反过来反过去都说得通。

海阔还说："我们都是不完全人类，人类把我们当作转基因人类，所以在没有确认蓬卡的身份之前，我们应该避免跟他说话。"

风起说："我看，那个蓬卡，不像是反对转基因人类分子。"

"人不可貌相，海水不可斗量。"海阔文绉绉地说，"害人之心不可有，防人之心不可无。"

风起无话可说，不想和海阔争辩。

海阔放软声调："我有一件事想请你帮忙……"

"你说。"

"你去问瑜美，问她跟蓬卡说了什么话。"

　　"呃……"这对风起真是一个难题。瑜美公主刁蛮任性，要是她不想说，怎么逼她都没有用。

　　"风起，你要仔细盘问她，把他们说过的每一句话都问出来，然后一字不漏地告诉我，好吗?"

　　风起没有信心做得到。他说："我试试看。"

　　海阔严肃地说："不要试。不管你用什么方法，你一定要问出来。你不能再纵容她了，她被你宠坏了。风起，我拜托你，你要强硬起来。如果她这次不听你的话，以后也不会听你的话。"

　　风起勉为其难说："好吧。"

　　也许，海阔说得对，不能宠坏瑜美公主。

18. 风起听见婴孩声

星期四，周休日。

风起赖在床上，脸朝下，翅膀在背后徐徐伸展，上下扇动。

假日本来是值得高兴的事，他可以回家看看妈妈和豆白，不过他想到要盘问瑜美公主，套取她的口供，心情很纠结，身体都懒得动。

一直以来，他对瑜美公主，像在呵护一朵含苞的荷花。现在海阔要他改变态度，穿上盔甲强硬对待，风起觉得为难，不符合他的性格。他怕自己强硬不起来。唉，再睡一会儿吧。

迷迷糊糊中，海阔粗暴的声音传来，把风起吵醒。

海阔叫道："什么？现在来了？谁让他们来的？"

有人细声细气地回答，风起听不清楚说什么，但认得出那是余妈妈的嗓子。

海阔不满地嚷叫："为什么你不先通知我？虽然他们只是来看你，但这个地方我负责。他们要进大门，也得先问过我才行。"

管石姐姐清脆的声音冒出来："海阔，如果你不想让他们进不一样游乐园，也没关系。你打开大门，让我妈妈出去和他们见面好了。"

海阔无奈地说："我能够做到这么绝情吗？人家都来到大门口了，我还能让人家吃闭门羹吗？我不是不欢迎他们，我只是说以后要做什么决定，先让我知道，好不好？"

余妈妈连声道歉。

海阔那根筋柔软下来，不情不愿地说："好啦。我开门就是了。"

风起打开房门，看见海阔、余妈妈和管石姐姐站在别墅门口。

"谁来了？"风起问。

管石姐姐把头探进来说："米娜和有点花来看我妈妈，他们来到大门外了。"

"太好了！"风起欢呼。

海阔转过头来，给风起一个白眼，像一盆冷水泼过来。

风起缩回房间，躲进浴室里盥洗。

二十分钟过后，风起听见婴孩的哭声。这时风起还坐在马桶上。

余妈妈哄着婴孩："哦……别哭！小孽种！阿姨抱你，别哭！"

婴孩哭声更洪亮："哇——妈妈——哇——"

米娜的声音说："好好，妈妈抱抱。这是阿姨，你怕什么？乖，乖。小芋头，乖。"

婴孩哭声戛然而止。

米娜的孩子？米娜什么时候结的婚？

风起猛然想起，两年前的一个早上，米娜扶着树干呕吐，余妈妈怒骂井本医生是畜生。米娜的孩子，就是井本医生的孩子？

这个小芋头会不会像他爸爸一样，人类的头，黑猩猩的身体？

有点花说话了："米娜姐姐，然后，我来带小芋头，然后，你和余妈妈，好好谈话。"

米娜说："好好。我这个小芋头，就是喜欢有点花。有点花陪他玩，他连妈妈都不要了。"

风起匆匆拉上裤子，把手洗干净，开门出去。

只见到米娜和余妈妈坐在客厅一个角落促膝而谈，没见到有点花和小芋头，也没见到海阔和管石姐姐。

风起和米娜寒暄几句，问米娜："有点花呢?"

"它带小芋头出去玩了。"米娜指门外。

风起走出别墅，望向远处，看见了有点花。

有点花在草地上奔驰，背上挂着一个娃娃。那个娃娃一颠一颠的，随时会被抛开。风起看了捏了一把冷汗。

风起正想飞过去，却见瑜美公主操控着轮椅过来。

瑜美公主的轮椅只能在别墅和水上房子之间活动。

"瑜美，米娜和有点花来了。"

瑜美公主笑盈盈地说："我听姐姐说了。米娜还带着儿子来。"

风起指着草坡："有点花和那个小芋头就在那里。"

　　瑜美公主惊叫："太危险了！有点花怎么可以把小宝宝甩来甩去？"

　　"我过去看看。你妈妈和米娜在别墅里。"风起展开翅膀。

　　"把小宝宝带回来给我看。"瑜美公主要求。

　　"好。"风起说，"你先进去吧。"

　　他看着瑜美公主进了别墅后，才拍拍翅膀飞向有点花。

19. 风起带着小芋头

有点花有花豹的身体，奔跑的姿势优美。身体落地时，背脊弓起，四肢聚拢。身体跃起时，背脊伸展，四肢弹开。

小芋头才一两岁大，紧紧抱住有点花的脖子，身体起起伏伏。

风起靠近有点花，朝它喊："停！"

有点花慢下脚步，停下来，却已在几米之外。

风起落地，站在有点花后面。

有点花回过头来，扑向风起。

风起被它一推，往后一晃，说："有点花，你长大了！"

前年，有点花还只是一只小花豹，像小猫一样，常常扑入别人的怀里。现在它直立起来，差不多有风起那么高了。

有点花前肢搭在风起的肩膀上，说："风起王子，你也长高了！"

小芋头挂在它背后，从旁边伸出头来，朝着风起咯咯笑。

他的头是人头，脸是人脸，眉毛黑而短，眼睛深邃，嘴唇上薄下厚，酷似井本医生。

风起问有点花："你跑得那么快，不怕把他丢了？"

"才不会呢？小芋头的手指长，然后，抓我抓得很紧。"

风起看小芋头的手，手指的确比常人长，却没有井本医生的猩猩手长。手背也没有长毛，还好，像人类的手。

有点花放开风起，蹲坐在草地上。

小芋头从它背后下来，扶着它的肩膀，绕到它面前。他扯着衣服，对有点花嚷道："不要，不要。"

有点花笑着说："小芋头怕热，然后，不喜欢穿衣服。"

有点花有豹子丰厚凸起的手掌，却有人类修长的手指。它解开小芋头上衣的纽扣，露出小芋头胸前的黑毛。

小芋头脱去衣服后，胸背都是黑毛，像一个芋头。四肢像从芋头长出来的莲藕，干净粉白。

井本医生的黑猩猩特征，只留在小芋头胸背上。

小芋头对风起指一指天空："要……要……"

　　有点花听懂他的意思，向风起转述："风起王子，小芋头喜欢刺激，然后，他要你带他飞上天空。"

　　风起握着小芋头的上臂，问有点花："这样子拉他上去，行吗？"

　　"行！"有点花完全放心。

　　"你在下面跟着，免得他看不见你，怕生。"风起怕小芋头会哭。

　　风起慢慢飞起，把小芋头拖离地面。

　　小芋头的双手反扣上来，牢牢攥住风起的前臂。这么一个婴孩，却有如此强劲的手指，让风起相信，刚才有点花驮着他，的确是安全的。

　　风起渐渐升高，停留在一定的高度，离开有点花大约两米。

　　小芋头啊啊叫，身体前后晃动，好像秋千一样摇摆，似乎不满意这个高度。

　　风起腾空而起，越飞越高，小芋头开心地咯咯大笑。这个婴孩的笑声，听起来就有几分奸诈。不可能，婴孩都纯洁如白纸。也许只因他是井本医生的儿子，才会如是想。

　　飞得越高，小芋头越开心。高约一百米，小芋头兴奋地仰头对着风起笑，双脚蹬个不停，似乎要踩着空气往上爬。

　　太高不行，上面空气稀薄，小芋头可能缺氧。小芋头的手臂被拉扯太久，也可能会受伤。风起顺着风势盘旋而下，回到有点花上面。

小芋头哇哇大叫，不愿意这么快着地。

风起拖着他飞向别墅，有点花随后跟来。

别墅的门太窄，风起不能直飞而入。他把小芋头放在门口。小芋头看见他妈妈，屁颠屁颠跑过去，指着风起对他妈妈咿呀咿呀说着婴孩话。

米娜竟然听懂他的意思，问他：“小芋头，风起王子带你飞上天空了？好玩吗？”

余妈妈见到小芋头可爱的模样，乐得哈哈大笑。

唯有瑜美公主一人紧绷着脸，瞪着小芋头，气呼呼的。

有点花看见瑜美公主，喊道：“瑜美公主，你好！”

瑜美公主没有理睬它，低下了头。

“怎么啦？”风起走到她身旁，细声问她。

瑜美公主瞅风起一眼，欲言又止，操控轮椅离去。

风起跟在她背后，出了别墅。

瑜美公主转头对风起说：“你去‘天涯海角’等我。”

她约风起去那里，一定是有话要对风起说。

也好。风起也有话要对她说。

20．风起想和她吵架

风起在"天涯海角"等待瑜美公主时，肚子咕噜咕噜响起来。

他还没吃早餐。没吃早餐，血糖低，情绪不佳。等一下会不会对瑜美公主发脾气？发发脾气也好，让自己强硬起来。诚如海阔所说，不该宠坏她，该骂就骂。

来吧，要吵就吵吧。风起打算好好和瑜美公主吵一顿，可是，太久没有吵架，竟不知从何吵起。

风起坐在石头上，石头被太阳晒得温热。

海风吹来，凉飕飕的，他起了一层鸡皮疙瘩。

大概因为肚子饿，所以怕冷。他干脆伏在石头上，抱着石头取暖。

瑜美公主游过来，握着风起垂下来的一只手。

她的手好凉。

风起想把手缩回来，但是看到瑜美公主一脸愁容，手就缩不回来了。到底发生什么事了？

"怎么啦，发生什么事了？"

"我爸爸气死人。"瑜美公主骂道。

"你爸爸都死了，你还跟他计较？他死了那么久，为什么今天却惹你生气了？"风起觉得瑜美公主不可理喻。

"他对米娜做的事，你知道吗？"瑜美公主气汹汹问道。

原来她气的是前年的事。前年，风起也很生气，余妈妈背地里骂井本医生禽兽不如。而这件事，竟没有人告诉瑜美公主。瑜美公主现在才知道她爸爸干的丑事，现在才来"生后气"。

"那是前年的事了。前年，有一天，我们看见米娜呕吐，才知道她怀孕。你妈妈问米娜是谁的孩子，米娜说是你爸爸的。"

那天米娜在树下呕吐，只有余妈妈、有点花和风起看见。瑜美公主躲在水里，看不见陆地上的事。

"为什么你没有告诉我？"米娜问。

"我以为你妈妈会告诉你。"

这种丑事，风起难以启口。当年如此，现在也如此。

"你以为，你以为，结果你们全都知道了，只有我一人被蒙在鼓里。"

瑜美公主因被蒙在鼓里而怪罪风起？

风起觉得无辜。

"昨天我还因我爸爸而骄傲，今天他却让我丢脸。"

瑜美公主不是在怪风起。她怪她爸爸。她爸爸今天让她丢脸。而昨天，她爸爸让她骄傲。

"什么事让你感到骄傲？"

"蓬卡提起我爸爸。他说他爸爸认识我爸爸。"

风起正想问瑜美公主蓬卡的事，没想到她不打自招。

风起问："蓬卡的爸爸是谁？"

"乃猜。"

蓬卡是乃猜的儿子！这是大消息！

风起问："乃猜不愿意卖马给我们。现在，他儿子卖他的马，他不会生气吗？"

"蓬卡说，他爸爸死了。"

乃猜死了！这也是大消息。

瑜美公主透露这两则大消息，风起对海阔就有所交代了。不过，海阔担心的是，蓬卡可能和反对转基因人类的组织有关。

"蓬卡会不会是反对转基因人类的人？"

"不会！"瑜美否定，"他一直在美国深造，最近他爸爸死了他才从美国赶回来，怎么可能参加这里的组织？况且，他也不打算长期住在泰国。他打算拍卖了白马，拿了钱，回美国去。"

瑜美公主说的不无道理。

风起觉得够了。有这些信息向海阔报告，海阔该满足了。他松一口气。他并不需要用强硬的手段对付瑜美公主。只要一如往常地和瑜美公主坦然相处，瑜美公主有什么该告诉他的，自然会告诉他。

他还想问一个问题，这个问题不是为了海阔而问，而是他自己想知道答案。

"为什么你说你为爸爸感到骄傲?"

"蓬卡说，因为我爸爸是井本医生，所以他愿意把白马还给我，分文不取，物归原主。"

这与事实不符。海阔说，蓬卡要求五十万元，分文不减。"蓬卡不是要价五十万元吗?"

"是我让他要的。我怕他对我太好，海阔哥哥会起疑心……"

"对啊! 为什么他要对你那么好?"风起也觉得可疑。

"风起哥哥，你不要误会。其实，蓬卡不是对我好。他说，白马原本就是我爸爸的，他爸爸生前就想把白马还给我爸爸，但是他爸爸找不到我爸爸。现在他找到了我，就应该把白马归还给我。"

乃猜生前就想把白马还给井本医生?

风起不相信，他不相信乃猜会那么好。但是，他不想跟瑜美公主争辩。乃猜好不好，并不重要，风起不想因为乃猜的事和瑜美公主伤了和气。

他不想和瑜美公主吵架了，只是想和她开开心心地待在一起。

21. 海阔有大将之风

星期五晚上，海阔又在山洞里和国王见面。

当然，黑暗中见不到面，只能说是面对面。

海阔来前已经打好腹稿，什么话该说，什么话不该说，都经过再三思考。

国王来到后，他立即向国王报告。

"蓬卡的身份我已经查到。蓬卡就是乃猜的儿子。乃猜死了……"

"乃猜是怎么死的?"国王问。

这么一个简单的问题却把海阔问倒了。他并不知道乃猜是怎么死的。

"大概是病死的吧。"海阔为了加强说服力，补充一句，"上次我见到他时，他脸色就不好。"

"蓬卡为什么要出售白马?"国王问。

这个问题，海阔有备而来。他早已经准备好答案。

"蓬卡在美国念书，需要乃猜给他寄钱。乃猜死了，经济来源被切断。他从美国回来奔丧，发觉白马可以卖钱，又找不到买主，才通过拍卖网出售。他打算拿了钱，立马回美国去。"

"不会留下尾巴?"国王又问。

"绝对干干净净。"海阔说。

"那么，白马送来后，你们就必须和蓬卡断绝来往。"

"这个当然。"

国王又说："不要让他和瑜美或者风起见面。"

"是。"

海阔打了一个冷噤。

幸亏上次瑜美公主和蓬卡接触，国王没有看见。

"白马几时送来?"国王问。

"下个星期四，休假日。没有游客，比较方便。"

"好。蓬卡送白马来时，由余妈妈和管石去接待好了。叫她们速战速决，白马到后，蓬卡就可以回去了，不要让他久留。"国王嘱咐。

"遵命。"海阔唯命是从。

"不过，更重要的事不是白马，是另一件事。"国王缓慢凝重地说。

还有什么事比白马更重要?

"什么事? 我一定会尽力去办。"

海阔使劲拍胸膛, 让国王听见嘭嘭声。

"我先问你, 米娜和有点花为什么会出现?"

国王一定是在上面看见了他们。

"嗯……我也不知道。"海阔发觉自己不应该不清不楚, 于是说, "也许, 余妈妈上网联系米娜和有点花, 邀请他们来访。"

"嗯……"国王沉吟。

海阔抢先澄清: "余妈妈邀请他们来, 并没有事先告诉我。他们来到大门口, 我才知道。我还为了这件事, 训余妈妈一顿。国王, 你放心, 就只有这一次, 以后我不会让他们再来的。"

米娜偷走国王的汽船, 有点花夺去国王的伽马枪, 国王应该不会原谅他们。

国王又问: "米娜的孩子, 你看见了?"

"我没看见, 国王。我知道米娜和有点花来了, 就躲藏起来。我不想看见他们。我躲在房间里, 听见婴孩恐怖的哭声, 知道是米娜的孩子, 但我并没有兴趣看那个野种。"

海阔为了讨好国王, 把米娜的孩子叫作野种。

"不要叫他野种!"国王不高兴。

　　海阔支支吾吾道："我以为，她刚回到印尼去……就跟人有了孩子……"

　　"那是我的孩子……"国王低吼。

　　"什么?"海阔以为自己听错了。

　　"风起带着孩子飞上天空，我在道观里用望远镜看，看得很清楚。那个孩子手臂修长，身体布满黑毛，是男的，是我的儿子。"

　　"怎么会?"

　　海阔脑子一转，恍然大悟。前年，国王曾经把米娜带去科研岛照顾小孙，一定是在那个时候制造了这个孩子。

　　海阔自作聪明地说："我知道了。你借用米娜的身体制造一个不完全人类。"

　　国王怒吼："不是制造! 是我亲生的!"

　　海阔受到惊吓，颤着声音一个劲地道歉："对不起……对不起……"

　　国王说："不用说对不起，这件事情没有别人知道。以前，我以为我只有小孙一个儿子。小孙被逮捕后，听说死在牢里，让我伤透了心。没想到，米娜又给我添了一个儿子……"

　　"恭喜国王。"海阔祝贺。

　　"废话!"国王严肃地说，"你把米娜和儿子给我找回来，我要他们住在这里。你要好好对待我儿子，也要好好对待米娜。米娜是我儿子的妈妈，必须心情愉快，才能把我儿子带好。"

"国王，我会想办法。"海阔胸有成竹。

风起曾经说，米娜和有点花想搬来这里住，只是海阔没答应。现在海阔要做一个好人，让他们搬来，不就了事了？

海阔问："如果有点花要跟着来呢？"

国王爽快地答应："就让它来好了。让它为我们赚钱。有一天我们赚够了钱，我就会用这把枪把它杀了。"

海阔知道，国王腰间别着一把可以烤肉又可以杀人的电磁枪。

这把枪是海盗送给国王的。国王接过后就送给海阔，以报答海阔的救命之恩。海阔把它交给瑜美公主，让她做防身之用。后来，国王要回这把枪，海阔只好向瑜美公主讨回来。

"国王，我一定会把米娜、有点花和你的儿子找来，让他们住在别墅里。别墅里还有三个空房，安顿他们完全没有问题。"

"好。海阔，你做得好！有大将之风！加油！"

国王长长的手臂伸过来，在海阔的臂膀拊了一掌。

海阔喜欢国王的赞赏，他需要国王的肯定。

接下来的日子可热闹了。

白马、有点花、米娜都要来不一样游乐园。不一样游

　　乐园就像一个新的王国，或者，新的王朝。同样一批不完全人类，只是换了新领袖。新领袖就是海阔。

　　漂亮！想到这里，海阔禁不住偷笑："嘿嘿……"

.

22. 蛋猫陪着白马跑

星期四，休园日，趸船边空荡荡，没有船只停泊。

蛋猫蹲坐在草坡上的小亭里，眺望着大海，望着趸船。

余妈妈和管石从水上房子走出来，朝趸船缓缓走去。

管石拿着手机靠住耳朵，边走边说话。

她在百米之外，但是蛋猫耳朵灵敏，稍微调一调角度，就听见管石的说话声。

管石说："蓬卡，你知道位置吗？……哦，你有导航系统，船会自动驾驶，太好了！……什么，就快到了？……好好，我们出来等你……不不，不麻烦。"

她们两人踏上趸船，在太阳底下等待。

等了好久，才见一只小货船驶过来。小货船上只有一个货柜，蓬卡立在货柜前。货柜有如一幢长方形小房子，柜边有窗口，窗内黑洞洞。蛋猫想，白马一定藏在货柜里。

待货船停泊妥当，船绳拴好，架上木桥，蓬卡才打开货柜的前门。

白马从货柜里走出来，抬头看见余妈妈在趸船上，没有踏上木桥，就直接飞扑过去。

余妈妈双手抱着白马的脖子，把脸靠在马脸上。

白马愉快地扭着屁股，后腿踩着马蹄，乐不可支。

蛋猫看见老朋友，无比兴奋，蠢蠢欲动。它想奔过去迎接白马，可是，海阔不允许。海阔说，除了余妈妈和管石，别人不准接待蓬卡。

蓬卡不像是坏人，海阔对他却有所顾忌。

海阔和风起，都没有现身。他们躲在别墅的房间里。蛋猫看得见他们。他们各自匿藏在一个窗户后面，隔着窗帘窥视白马。

余妈妈喜极而泣，哽咽着说："白马……能够把你带回来……我太高兴了。"

管石和白马没有什么感情，只是客套地说："白马，欢迎你回来。"

蓬卡好奇地问管石："白马听得懂你们说话？"

管石说："白马有人类的脑袋，听得懂，只是它自己不会说。"

蓬卡也对白马说:"白马,你看这个地方,喜欢吗?"

白马扬起脖子,环视四周。

它的大眼睛锁定一个方向,朝小亭这里望过来。

它看见蛋猫了。

蛋猫站起来,走出小亭外,面对白马,摇摇尾巴。

白马徐徐移动,离开余妈妈。

余妈妈说:"蛋猫在那里,去吧。"

白马抬高前蹄,鸣叫一声,然后往蛋猫这里狂奔过来。

它来到蛋猫面前,刹住脚步,和蛋猫相对而立。

蛋猫欣喜得说不出话,恨不得有一双手抱住白马。它

用虎掌拍拍白马的前腿，老套地说："白马，你好吗？"

白马低下头，伸长舌头，舔一舔蛋猫的额头。

这个亲昵的动作，让蛋猫觉得太肉麻了。

老朋友，不需要这样。

蛋猫头一歪，对白马说："你看那一大片草地，都是你的。那就是你的跑马地，你爱怎么跑，就怎么跑。"

白马仰天长啸，喜极大叫。

它等不及了，后腿一蹬，扭头就往草地奔驰而去。

蛋猫一跃而起，追着白马。

白马跑得快，在草地上绕了一个大圈。

蛋猫跟在白马后面，开始时还好，轻易地追上。过了半圈，蛋猫觉得力不从心，被抛在后头。

白马意犹未尽，再跑一圈。

第二圈，蛋猫不想再陪跑，停在原地喘气。长跑本来就不是老虎的特长，蛋猫无需跟白马一比高下。

白马跑得很远了。它跑着跑着，跑到尽头，拍打翅膀飞了起来，飞向后面的山腰。

山腰那里，只有石头和树木，虽然没有人住，但不属于不一样游乐园，白马不该飞过去。

蛋猫想阻止它，却来不及了。

白马落在山腰的一块大石头上。它抬头仰望，稍停片刻，后腿一蹬，又往上飞去。

不得了！白马飞向山上的道观。

国王就在道观里面。白马以为国王死了，国王不让人家知道他还没有死。但愿白马没有看见国王，但愿国王没有看见白马。

要不要朝白马大吼，喊它下来？

不行。大声一吼，惊动国王，他更容易察觉白马。

蛋猫低头不敢看，只能祈祷白马快点儿飞下来。

不管它看不看，要发生的事情一样会发生。

就在那一瞬间，蛋猫听见白马惨烈的叫声。

蛋猫抬头一看，看见白马踉跄而下。

白马飞不像飞，跑不像跑，是半飞半跑半滚，夹着哀嚎，跌跌撞撞，从山边上掉落下来。

蛋猫奔向山脚，跳跃中看见山脚下白马的白、鲜血的红混在一起。

白马侧躺在地上呻吟，它折了一边翅膀，断了一条腿，满身的伤痕。

那条断掉的后腿，露出森森白骨。白骨上面皮开肉绽，发出焦味，好像一块煨得过火的巨大红薯。

惨不忍睹，蛋猫闭起眼睛。

国王，为什么你那么凶残？

坏人！坏人！

23. 风起今天要报仇

风起躲在房间里，靠着窗口，从窗帘缝隙间望出去，看见白马兴奋地奔跑。白马跑到后面山林边霍然飞起，飞到山腰停歇，转身又飞上山去，飞向道观。

他知道地主住在道观里，一个人隐居修炼，不想受打扰。白马这么唐突飞过去，太没有礼貌了。不过它只是一匹马，不懂守规矩，地主应该不会怪它吧。

不料白马从道观那儿翻滚下来，惨叫着跌落山下。

风起跳了起来，恓惶地冲出房间，往门口奔去。

海阔打开房门，喊着："风起！不要出去！不要出去！"

风起不管了。白马发生意外，他顾不了那么多，必须去看。他心想，或许白马太久没有飞翔，或许太累了，翅膀痉挛，从山上跌下来。他担心白马摔伤了。

海阔追上来，喊着："风起！风起！"

风起展翅飞起，猛拍翅膀，很快就来到山脚下。

他看白马，白马不是摔伤。它明显受到了攻击，一条后腿只剩大腿，露出腿骨，小腿与马蹄不知断落在何处。看那大腿，浮肿焦黑，像是烤熟了。

风起想起瑜美公主的那把电磁枪，能烤肉，能割断铁缆。白马的腿被割断，大腿的肌肉被烤熟，很可能是被电磁枪射伤的。

白马哀痛呻吟，嘴脸扭曲。

风起看它这么痛楚，不禁落泪。他抱着白马的脖子，哭着说："对不起……对不起……"

为什么说对不起？

风起也不知道，只是随口而出。他对不起白马，不能好好保护白马。他对不起白马，不能替白马缓解伤痛。

蛋猫在他身旁，愤愤地说："坏人！坏人！"

风起问："谁是坏人！"

蛋猫说："山上那个是坏人！"

对！山上那个是坏人！他把白马害成这个样子，风起却不能为它做什么。不！风起一定要做什么。

风起要为白马报仇。

他放开白马，撂下重话："我要替你报仇！"

他的怒气冲昏了脑袋，立即扇动翅膀，往山上飞去。

蛋猫用沙哑洪亮的声音喊道："风起！不要！不要去送死！"

风起手无寸铁，飞上去简直是送死。

他飞到半空中，往下望，余妈妈、管石和蓬卡正往山脚跑去，海阔也已经从别墅跑出来。

他飞向海阔，问他："你的电磁枪借我！"

海阔喊道："你别乱来，我不会借给你的。你给我下来！"

风起不肯下来。他飞回别墅，跑进厨房拿了把菜刀。他要砍断山上那个坏人一条腿，一腿还一腿。

他持着菜刀跑出门，看见瑜美公主在轮椅上迎面而来。

瑜美公主问他："风起哥哥，你拿着菜刀做什么？"

风起愤然说："我要替白马报仇，我要去剁那个坏人！"

瑜美公主靠近他，问道："哪个坏人？"

风起说："山上那个坏人，他开枪射断白马的腿，我要他赔一条腿。"

瑜美公主拉住风起的手："风起哥哥，你不可以上去！我不让你上去！你不可以见到他！"

"为什么不可以？"风起挣脱瑜美公主的手，离开小路，说，"我要替白马报仇！"

瑜美公主的轮椅不能离开小路。她对着风起大喊："风起哥哥，你答应过我，不要报仇的!"

　　风起只答应过瑜美公主不要找她爸爸报仇，现在又不是找她爸爸，为什么不可以报仇?

　　以前他忍气吞声，不敢报仇，太懦弱了。

　　今天他要强硬起来，要和坏人拼命。就凭这把菜刀，他要剁下那个坏人一条腿。

24. 瑜美今天不愉快

星期四，蓬卡要把白马送回来，应该是瑜美公主愉快的一天。不过，接待蓬卡和白马的差事，轮不到瑜美公主。她没有腿，去不了。

去不了，本来也就算了。可是，今天早上，她吃早饭的时候，海阔特地从别墅那里走过来，当着妈妈和姐姐的面，警告她："今天，你不准再出现在蓬卡面前，不准和蓬卡接触。"

海阔说这话，让她感到愤愤。海阔不准她去，她偏偏要去。

负责接待蓬卡的是妈妈和姐姐。海阔提醒她们："记得，蓬卡把白马送来之后，就让他坐原本的船回去。如果他非要进来喝杯茶不可，那就带他来这里好了，别让他到处走。"

　　吃过早餐，瑜美公主对妈妈和姐姐说："我回避一下吧，不妨碍你们做正经事。"

　　瑜美公主回了房，乘电梯下海，潜入水里，摆动大尾巴，往北方游去。泰国就在北方，蓬卡应该会从北方过来。

　　游了大约两海里，瑜美公主觉得够了，就在那里等。她冒出水来，海面一望无际。她用大尾巴使劲一打，跳出水面，在最高点观望，也没有见到船只。

　　她觉得自己跳得不够高，再潜入水里，从水中蹿出，旋转而上，眼观四面。没船。翻一个筋斗，合掌扎入水中。

　　瑜美公主一次又一次练习跳高，以不同姿态出水、不同花式入水，自得其乐。她偶尔也看见船只，都是轻便的小艇，载不了白马。

　　北方来了一只小货船，货船上有一个货柜，货柜里面很可能藏着一匹马。

　　瑜美公主向小货船游去，看见甲板上站着一个人，那个人正是蓬卡。

　　蓬卡握着手机，接着电话。

　　瑜美公主悄悄来到船边，一手搭在船边的救生圈上，偷听蓬卡说话。

　　"……管石，你别担心，我的船有导航系统，还能自动驾驶……"蓬卡从裤袋摸出一个控制器来看，接着说，"其实我快到了……大概只需要三分钟路程。你们不需要出来等我，太麻烦了……"

瑜美公主双手捉住救生圈，挺起上半身。

蓬卡瞥见瑜美公主，睁大眼睛一笑。他掐断电话，用控制器关了引擎，走到船舷，蹲下来问她："瑜美公主，你怎么来了？"

"我来迎接……"瑜美公主红着脸说，"迎接白马。"

蓬卡低下身子，双手按在甲板上，说："好啊。等一下我叫白马出来给你看。不过，在白马出来前，我有一个心愿，不知道你能不能帮助我。"

"什么心愿？你说。"瑜美公主捉住船舷的栏杆，把自己托得更高，这样，她就可以和蓬卡面对面说话。

蓬卡干脆跪下，把头靠拢过来，小声说："我爸爸的遗愿，是把白马还给井本医生。现在我把白马还给你，虽然你可以代表你爸爸，但是你又不是你爸爸，我心中仍有一个小小的遗憾。"

"那我要怎么帮助你？"瑜美公主热心地问。

"我很想亲自把白马交给你爸爸，完成我爸爸的遗愿，也完成我的心愿。"蓬卡用央求的眼神瞅着瑜美公主。

"这个忙我帮不上。我在水里，上不了岸，无法带你去找爸爸。"瑜美公主歉意地一笑。

"你不需要带我去，只要告诉我他住在哪里，我亲自去拜会他。"蓬卡不死心。

瑜美公主脱口说出："我爸爸在山顶，谁都不想见。"

她说完才发现自己泄露了秘密。她不该告诉蓬卡爸爸住在山顶。不该说的也说了，要紧吗？不要紧吧。蓬卡是外人，与爸爸无冤无仇，过了今天，不再出现。况且，她又没有说出是哪一座山。

"那没关系，就让我遗憾吧。"蓬卡稍微不悦，"现在船只颠簸，把白马放出来不安全。不如这样，我让白马伸出头来给你看好吗？"

他走到货柜旁，掏出一个哨子，对着窗口吹："哔——哔——"

白马从窗口伸出头来。

瑜美公主跳下水，游向白马那儿，爬上船舷栏杆，呼唤着："白马！白马！"

白马看见瑜美公主，表情喜悦，咧开嘴，露出牙齿，像在笑。

蓬卡拿着控制器说："对不起，瑜美公主。我要开动了。"

"你去吧。不要告诉她们你遇见我。"瑜美公主说。

小货船开动，扬长而去。

瑜美公主心里想，蓬卡真小气，没有说出爸爸住在哪里，他就不高兴。

她慢慢游回去，游到水上房子旁边，倚靠水里的柱子。

小货船泊在趸船边，妈妈和姐姐在趸船上陪着蓬卡谈话。

白马呢？

瑜美公主往斜坡望去，斜坡掠过一个白影。白马已经在草地上飞快地奔驰。蛋猫跟在其后，一耸一耸地跑动。

蛋猫跑不动了，停下来休息。

白马继续跑，跑到山边，飞了起来！

它飞向山腰，停在那里歇一会儿，然后又腾空飞起。

白马飞向山上的道观。

道观是爸爸住的地方！

白马会看见爸爸吗？

白马倏然嘶鸣，从山上飞下来，不，好像是跌下来。

跌在哪里？

瑜美公主看不见。

妈妈、姐姐和蓬卡跑过去。

风起哥哥也从别墅跑出来。

海阔哥哥在后面边追边喊："风起！风起！"

风起哥哥不管他，飞了起来，飞向山脚，落在瑜美公主看不见的地方。

所有人都往同一个方向跑去，只有瑜美公主没有腿不能跑，在水里干着急。

瑜美公主潜入水中，摁开电梯的门，转过身子投入桶里，等待电梯门关上，乘坐电梯升上自己的房间。她感觉，时间过得特别慢，电梯上升的速度如蜗牛在爬动。

电梯门再打开，她操控着轮椅出房间，从走廊走向通往别墅的小路。她没有其他选择，轮椅的活动范围有限，只在两幢房子和中间这条小路上。

虽然不能去看白马，在这条小路上，至少她看得到白马掉落的地方。她看见妈妈、姐姐、蓬卡和蛋猫都围在白马身边，海阔哥哥正慢慢走过去。

风起哥哥呢？

风起哥哥忽然出现在她眼前。

他眼睛充满血丝，手里握着菜刀。

他要干什么？

瑜美公主焦虑地问他："风起哥哥，你拿着菜刀做什么？"

风起变成另一个人似的，怒气冲冲地说："我要替白马报仇，我要去剁那个坏人！"

瑜美公主把轮椅移近他，问道："哪个坏人？"

风起咬牙切齿地说："山上那个坏人，他开枪射断白马的腿，我要他赔一条腿。"

他说的那个坏人，就是爸爸！

　　瑜美公主不能让他和爸爸发生冲突。

　　她赶快攥住风起的手："风起哥哥，你不可以上去！我不让你上去！你不可以见到他！"

　　最后两句话，她以命令的语气说。

　　"为什么不可以？我要替白马报仇！"

　　风起挣开她，躲避到草地那边去。

　　瑜美公主不能上草地，拿他没办法，只能对着他叫嚷："风起哥哥，你答应过我，不要报仇的！"

　　风起不理她，展翅往山上飞去。

　　瑜美公主失望透顶，流着眼泪看着他渐渐变小的身体。

　　风起越飞越远，飞到山顶去。

　　山顶的景色她看不清楚，只感觉风起哥哥在空气中消失了。

　　一向最疼爱她的风起哥哥变得如此冷酷无情，不听她的话。

　　瑜美公主觉得无助，放声大叫："妈妈——妈妈——"

25. 风起在道观挥刀

风起飞向道观。

道观的山门紧闭。

风起飞越山门。

大殿的铜门也关上，留下两头石狮子与风起对峙。

风起吼道："出来！你为什么要开枪射白马？你给我出来！"

铜门不开，没人出来。

风起飞上屋脊，站在道观最高处。他看得见院子，院子里面空无一人，只有一棵老松树。他看得见后院，后院立着五个坟丘，那是地主五个死去的亲人。

就在这个时候，尖锐的叫声传来。

"妈妈——妈妈——"

凉风嗖嗖，景色萧瑟。风起看见坟丘，想到死亡。听见叫声，想到妈妈。风起敢上来拼命，不怕死亡。可是，如果他死了，妈妈会很伤心。他不怕死亡，就怕妈妈伤心。

如果他战胜地主，他就不会死。不过，他把人家一条腿砍断，也需负责任。他会去自首，去蹲牢房。他去蹲牢房，也会伤透妈妈的心。

那他该怎么办？

先救白马再说。妈妈是兽医，能够减缓白马的痛楚。再拖延下去，白马延误就医，情况会更恶劣。救了白马，再找地主算账也不迟。反正地主住在这里，跑得了和尚跑不了庙。

风起飞落院子，挥刀插在松树上，给地主一个警告，然后他大吼一声，飞出道观，飞落山下。

蛋猫问他："你看见山上那个坏人了？你对他怎样了？"

风起没有回答，扭头对管石说："管石姐姐，你可以帮我打一个电话给我妈妈吗？"

"刚刚打了。"管石回答说。

"我妈妈怎么说？"风起紧张地问。

管石从容地说："靖雯阿姨说，动物救护车没有办法来到这里。最快的办法是，我们把白马送到动物医院附近的码头，她再安排救护车把白马接到动物医院。"

蓬卡接着说："我的货船可以把白马送去码头。"

风起嚷道："那我们还等什么？"

管石无奈地说："我和蓬卡两人，搬不动白马。我妈妈又被我妹妹叫去了。我已经喊海阔过来了，我们四个人试一试吧。"

海阔慢吞吞地走过来。

蛋猫自告奋勇说："把白马放在我背后，我想我背得动它。"

管石瞅着蛋猫，说："白马会把你压扁。"

蛋猫坚持要一试，伏在地上做好准备。

四个人合力抬起白马。风起抱着马头，蓬卡和管石抬起马的身体，而海阔托起马屁股。

蛋猫充当会走路的担架，四个人在旁边扶着白马，白马终于被搬走。

白马还是清醒着，而且痛苦着，嘴巴禁不住呻吟，眼睛禁不住流泪。

从山脚到趸船，虽然大家都很谨慎，还是几次不小心让白马摔在地上。白马痛楚的叫声，像刀一样刺入风起的心。

要从趸船把白马搬下货船，更是考验功夫。那块木桥很窄，不能让四个人同时走过去。

蛋猫不能单独驮着白马过去，大家束手无策。

海阔无奈地说："由我来吧。我驮着白马过桥。"

海阔的龟背比蛋猫的虎背平坦，更适合充当担架。

白马用它的前腿揽住海阔的脖子。它的臀部由蓬卡在后面托住。

海阔果然力大无穷，匍匐着把白马驮上货船。

白马曾经攻击海阔，海阔不记前仇帮助白马。

风起对海阔真心真意地说："谢谢你。"

海阔冷冷地问他："你在山上看见什么了？"

"没有看见什么。"风起小声地说。

"没有人?"海阔用唇语问。

"没有人。"风起用唇语回答。

蓬卡催促说:"我们走吧。不要耽误时间。"

海阔跳上趸船:"我不去。"

蓬卡抽掉桥板,解开船绳。

海阔伸手要拉风起:"风起,你也上来。"

风起说:"我要去,我要去看我妈妈。"

海阔在蓬卡面前,不好意思阻止风起。

风起走到白马旁边,蹲下来说:"白马,没事的。别怕。我妈妈是城里最好的兽医。"

白马咧起嘴角,勉强一笑。

26. 风起自卑又羡慕

风起在货船上，想到刚才一时冲动，差点儿丢了性命，感到后怕。他不想再提起这件蠢事。

管石偏偏哪壶不开提哪壶，问道："风起，你刚才飞上去，没有伤害什么人吧？"

"没有。"风起简短地回答。

"你看到什么人？"蓬卡问。

"我没有看到什么人。上面道观大门紧闭，没有人出来。我想到先救白马要紧，就飞了下来，那个道士，以后再找他算账。"风起一次说个明白，不想再绕着这个话题讲。

"上面住着一个道士？"蓬卡追问。

　　管石解释说："不一样游乐园本来是一个牧场。牧场的地主一家六口都住在别墅里。后来，地主的老婆和四个孩子都染上禽流感去世，地主伤心欲绝，把牧场租出去，遁入道门，隐居在山上修炼。"

　　蓬卡又问："你们见过那个地主?"

　　管石说："我们都没有见过。他不想被打扰，不见外人。"

　　白马在这个时候大叫一声，眼睛突出，似乎有话要说。

　　风起安抚白马，不让它打断别人说话。

　　蓬卡质疑："你们没有见过他，如何跟他租这块地。"

　　管石说："租地的事都由海阔去接洽。海阔说，他也没有见过地主，是通过双方代表律师签约的。"

　　"你们看到过合约吗?"蓬卡问。

　　"没有。为什么你这么问?"管石反问。

　　蓬卡呵呵笑，说："我觉得这件事很可疑。"

　　风起反而觉得蓬卡很可疑。蓬卡到底是什么人? 为什么对不一样游乐园的事都要调查得那么清楚? 难道他真的来自反对转基因人类组织?

　　风起问他："为什么你对我们的事那么感兴趣?"

　　蓬卡瞅着风起，说："我只是对法律的事感兴趣。我在大学修读过一科 Natural and legal rights，我不知道怎么翻译好……"

"自然权利和法定权利。"管石随口翻译出来。

"对对。法定权利谈的是法律问题。我对这一科很感兴趣，说的话就多了。风起，你别怪我多管闲事。"

这么说反而让风起不好意思。风起读书读得少，听他提起大学的事，感到又自卑又羡慕。他谦卑地说："法律的事，我真不懂。"

蓬卡说："因为你不懂，才差点儿闯祸。你刚才飞去找地主算账，你想做什么？"

哪壶不开提哪壶。风起尴尬地说："我想替白马报仇。他开枪射掉白马一条腿，我也要拿刀砍断他一条腿。我就只是想，一腿还一腿。"

白马听风起这么说，激动得嘤嘤哭泣。

蓬卡说："因为你不懂法律，所以认为一腿还一腿是公平的事。地主伤害白马，只是因为动物闯进他家，他拔枪自卫。你则是闯入私人产业蓄意伤人。他的罪名小，可能被判无罪。你的罪名大，至少要坐牢。"

管石附和道："对。说得对。风起，你这次太鲁莽了。"

风起承认，自己的确鲁莽。不过他不同意把白马当动物。

"白马是不完全人类，不是动物。"

蓬卡说："法律里没有不完全人类这个词语。白马不是人类，就只能是动物。它虽然有人类的头脑，但依然不是人类。在法律里头，它不能和人类享有平等地位。"

风起辩解："我们对待它，就像对待其他人类一样，不就和人类平等了吗？"

蓬卡说："在关键时刻，就不平等。如果那个地主一枪打死白马，就像打死畜生一样，可能无罪。可是你杀死地主报仇，就是谋杀罪。"

风起愤然说："这么不平等！那么，地主开枪把白马打成这个样子，我们就不能做什么吗？白白让他欺负吗？"

蓬卡一笑，说："风起，你不要激动。你们一样可以起诉地主，要地主做出赔偿。"

"赔一头畜生的钱吗？"风起怒气未消。

蓬卡认真地说："不是。白马不是普通的动物。白马是你们用五十万元买回来的。你们买白马是为了让它演出，赚取门票。地主射伤白马的腿，白马不能演出，地主至少必须赔偿你们五十万元。"

"有道理！"管石叫道，"我们要起诉他！"

"我支持你们！有什么需要，你们联系我。"蓬卡说。

风起并不因此觉得公平。他认为，多少钱也换不回白马一条腿。

27. 瑜美最担心的事

瑜美公主在轮椅上哭个不停，妈妈问她什么她都不想说，直至海阔哥哥从凫船那里走回来，她才停止哭泣，听听海阔哥哥怎么说。

海阔说："风起想替白马报仇。"

瑜美公主哽咽说："我知道。"

海阔说："他想用菜刀砍死山上那个人。"

瑜美公主又说："我知道。"

这个时候，瑜美公主觉得只有海阔哥哥了解她，只有海阔哥哥知道山上那个人是她爸爸，只有海阔哥哥知道她在担心什么。她一直哭个不停，就是担心山上那个人被风起哥哥砍死。

瑜美公主等海阔继续说下去，她很想知道爸爸怎么了。

海阔却转换了话题："你知道为什么风起对白马那么好?"

瑜美公主没有回答他。

他自己回答："因为白马救了他的命。"

妈妈插嘴问他："你是说，前年你拿枪指着风起那次?"

"是的。风起以为白马救了他。其实，就算白马没有扑过来，我也不会开枪杀死风起。如果我杀死风起，会让瑜美很伤心。我舍不得让你伤心。"海阔最后一句说得特别软。

又来了。瑜美公主最讨厌海阔哥哥用这样的语气说这样的话。

海阔还是说个不停："风起就是这么讲义气，有仇报仇，有恩报恩。他以为白马对他有恩，白马就是最重要的了。为了白马，什么人他都可以不管。谁阻止他去报仇，他都不会听。"

"呜——"瑜美公主忍不住又哭出声来。

海阔哥哥说中了她的伤心事。

风起哥哥不听瑜美公主的话，让瑜美公主伤心失望，心都凉了。

海阔又说："我叫他别去，他不听我的话，还是飞上去。没有人阻止得了他，因为只有他会飞。"

海阔停顿在这里，没再说下去。

瑜美公主忍不住问道："他飞上去后……到底怎样？"

海阔回答："谁知道？我问他，他也不说。他的态度，好像变成另一个人，变得冷漠无情，翻脸不认人。"

瑜美公主哇的一声又哭了。她认同海阔哥哥的说法，风起哥哥变了，变得冷漠无情，翻脸不认人。海阔哥哥说得太对了。

"我不知道在山上发生了什么事，可以肯定的是，山上那个人不想伤害风起。他有枪，风起只拿一把菜刀。他要对付风起，太容易了。他对风起宽宏大量，放风起一条生路。风起飞下来时，毫发无损。"

海阔哥哥这么说，瑜美公主就放心了。他说得对，爸爸有一把电磁枪，要对付风起哥哥太容易了。爸爸对风起宽宏大量，让风起哥哥下山。爸爸应该没事，风起哥哥也没事。瑜美公主放心了。

妈妈问海阔："白马呢？它怎么样了？"

"白马会受伤，相信是自作自受。山上那个人，看见一个庞然大物忽然飞来，自然会拔枪自卫。白马飞得那么快，只是一个白影掠过，难免让人害怕。"

海阔哥哥替爸爸辩解，瑜美公主听了很受用。

妈妈却不以为然："不管怎样，他不该对白马开枪。你们把白马送去哪里了？"

海阔说："管石联络了靖雯阿姨，靖雯阿姨要安排白马进入动物医院，不过先得把白马送到码头。我们把白马扛下货船，蓬卡用货船载白马去码头，管石和风起跟着去。"

"有靖雯照顾，我就放心了。"妈妈轻抚胸口。

瑜美公主担心的是爸爸和风起哥哥，妈妈担心的是白马。瑜美公主觉得，她和妈妈不是站在同一边的人。

海阔对瑜美公主说："风起年纪虽然比你大，有时候却不懂得分寸，会做出一些蛮不讲理的事。现在，他连我的话也不听了，瑜美，你要劝劝他。"

"他未必会听我的话。"瑜美公主噘嘴。

"如果我的话他不听，你的话他也不听，有一天……"海阔忧心忡忡，"我担心，有一天……你知道的，他可能会闯出大祸。"

瑜美公主明白海阔哥哥说什么。她也担心风起哥哥和她爸爸发生冲突。

海阔又说："他想飞去哪里就去哪里，瑜美，我真的没有办法阻止他。"

瑜美公主答应说："我想办法。我一定要阻止他。"

"对了。这也是为他好。瑜美，你要坚持立场。"海阔举起一个拳头。

"我会的。"瑜美公主点头。

妈妈又掺和进来，说："你们说到哪里去了！我觉得，风起不会蛮不讲理。他只是看到白马被人开枪射伤，气昏了头脑，才会做出反常的事。平时他都是一个乖孩子，做事有分寸……"

瑜美公主对妈妈嚷道："妈——你只是看到他表面，你被他骗了！"

妈妈别过脸去，不再说话。

海阔看见母女失和，不好意思旁观，尴尬地"嘿嘿"一笑，然后悄悄走开。

28. 风起装作不知道

风起跟着妈妈上了救护车后，妈妈对蓬卡和管石说："谢谢你们把白马送来。风起陪我去医院，你们两个先回去吧。"

蓬卡和管石挥手说再见，走回码头。

车厢的门关上，妈妈搂着风起说："对不起，我这两个星期比较忙，没有时间去看你。"

风起挣开妈妈说："没关系，我在那里过得很好。"

风起妈妈起身检查白马的伤势，边看边摇头。白马的情况似乎不乐观。

白马躺在动物病床上，企图抬起一边翅膀，那边翅膀像折断了，耷拉着展不开。

妈妈明白它的意思，说："白马，你别担心，你的翅膀只是脱臼，可以接回去的。如果你不怕疼，我现在就帮你拉一把。"

白马轻轻点头。

妈妈张臂，两手握住翅膀的不同部位，使劲拉扯。

白马的腿瑟瑟发抖，哀鸣一声。

妈妈放手，说："好了。你试试。"

白马再举起那边翅膀，果然可以完全展开。

风起见识妈妈的功力，赞道："妈妈，你好厉害!"

妈妈摇头，说："救得了白马的翅膀，救不了它的腿。它的一条腿坏死了，必须动手术截除。"

白马流下眼泪。

妈妈抚摸着马鬃说："白马，我会先帮你麻醉，你不会感到疼痛的。"

风起问："白马剩下三条腿，还能走路吗?"

妈妈说："走路没有问题，但只能瘸着腿走。"

"能奔跑吗?"

"恐怕不能。不过，截肢后，身体变轻了，可以飞得更高。"

风起安慰白马："你不是很喜欢飞吗? 以后你可以飞得更高了。"

白马并没有喜悦之色。

妈妈说："我只是感到奇怪，白马的腿骨被割断，肌肉严重烧伤，它是被什么武器攻击的？"

风起告诉妈妈："我猜想是一把电磁枪。"

"电磁枪？我没听过。"

妈妈医学知识丰富，对武器却一无所知。

"以前，海阔曾经给瑜美一把电磁枪，电磁枪可以用来烤肉，也可以割断铁缆。后来，这把枪又让海阔要回去了。"风起说。

"会不会是海阔开枪射它。"

"不是，白马是飞到山上，是山上的地主开枪的。"

白马睁大眼睛，露出恐怖神情，嘶鸣几声。

妈妈会意，问道："白马，你是不是看见开枪射你的那个人？"

白马猛然点头。

妈妈又问："那个人，是不是你认识的？"

白马又点头。

"谁？"风起问。

白马张开嘴吧嗒吧嗒，说不出话。

风起这才想起，白马不会说话。

妈妈倒抽一口气，眉宇紧蹙，问道："是井本？是国王？"

白马点头如捣蒜。

风起张大眼睛，呆住了。

他不相信。

风起问："国王不是死了吗？你看错了吧？"

白马摇头。

这怎么可能？

井本医生真的还活着？

风起百思莫解。

他想起瑜美公主说，他答应她不会报仇的。是的，他答应过瑜美公主不会找她爸爸报仇。瑜美公主这么说，不就暗示那个人是她爸爸吗？难道瑜美公主早已经知道爸爸住在山上？

难道瑜美公主已经知道她爸爸没死？

妈妈脸色煞白，对风起说："不行，你不能待在不一样游乐园，你跟我回家，别再去了。"

"嗯……"

风起敷衍着妈妈，脑子却在想着别的问题。

他不相信瑜美公主会欺瞒他。

他对瑜美公主那么好。瑜美公主那么纯真。怎么可能？

一定是有什么事情搞错了。风起一定要去弄清楚。

"妈——"风起开口说，"我还想回不一样游乐园。我想把事情弄清楚。"

妈妈眼珠一转，又说："你要回不一样游乐园去也行，我先报警，把井本捉了。"

风起想，如果警方去不一样游乐园，会发生什么情形？

瑜美公主会不会受到伤害？

他答应过瑜美公主不去找她爸爸报仇，报警捉人算不算报仇？

不找井本医生报仇，井本医生会不会杀死他？

不会。

他去找井本医生算账，井本医生放他一马，不开枪杀死他。

"妈，不好吧。他现在又没有对我怎么样，我们为什么要这样对付他？"

"你怎么知道他以后不会对你怎么样？"妈妈问。

风起说："我在不一样游乐园已经待了一年，都没有怎样，他要对付我，早就对付我了。"

妈妈说："有井本在，就很危险。"

风起反驳："他以前很危险，现在他是一个通缉犯，只能偷偷躲藏起来，还危险吗？"

风起回想，他飞上山去，井本医生躲藏起来，不敢露面，就是怕风起看见他。他怕风起，不是风起怕他。

可是，他有枪啊，他可以开枪射杀风起，为什么不开枪？

风起想来想去，想不出井本不开枪的原因。

妈妈吁了一口气，说："算了。你说的也没错，井本已经是强弩之末，自身难保。不过，动物性命受到威胁的时候，感到害怕，就会攻击别人……"

妈妈三句不离本行。

"……你不能让他害怕你。你不能让他感到性命受威胁。你不能告诉别人你知道他在山上。要是他发现你知道他的秘密，他就会杀人灭口……"

妈妈说得没错，白马发觉他在那里，他就要杀白马灭口。他忘记白马不会说话。开枪过后，他该后悔吧？

风起飞上去的时候，井本医生躲藏起来，没让风起看见。他以为风起不知道他就是井本医生，没有发觉他的秘密，不必杀人灭口，所以无须开枪。是不是这样？

"所以，你要记住，不可以透露你知道山上那个人就是井本。我相信，是海阔安排他住在山上的。海阔和他沆瀣一气，一定知道这个秘密。要是海阔知道你知道，你就完了。你要装作什么都不知道，明白吗？"

海阔也知道这个秘密？

难道海阔、井本医生和瑜美公主连成一线欺骗他？

不可能！风起一定要找出真相。

"知道了，妈妈。我会记住的，你放心。"风起乖巧地说。

妈妈转头对着白马说："白马，你也是……不能说。可是，井本知道你已经知道。所以，你不能回去。手术过后，先留在我家疗养，好吗?"

白马点头。

风起心情沉重。他不知道多少人知道这个秘密。他得装作不知道。他得演戏。他不知道他能够演多久。他心里盘算，万一他演不下去，他只好飞回家，让妈妈报警捉人好了。

29. 风起回妈妈的家

风起在医院的动物复健室里等待。这个时候，天已经黑了。复健室里没有其他人，不会有人投来奇异的目光。

妈妈从手术室出来，说："手术很成功。白马还没有苏醒，让它在医院里休息吧。我们回家。"

他们坐车回家，汽车自动驾驶。风起和妈妈坐在后排座位。妈妈揽着风起的肩膀说："你要回不一样游乐园，我还是会担心。如果有什么动静，你察觉不妥，立即通知我，我叫警察去逮捕他。"

"好的。"

只要妈妈愿意让他回去，他不想跟妈妈发生冲突。

最好妈妈别再说话了。

妈妈很累，靠在风起的肩膀上睡着了，还发出呼呼的鼾声。

汽车转入车库，妈妈醒过来。她看到风起在旁边，一时搞不清状况，喃喃说："啊……是……哦……到家了……好……好……"

妈妈一进门，就对风起说："我要去洗个澡。"

妈妈上楼了。豆白从房间里出来，问道："听说白马受伤了，是怎么一回事？"

风起倒了一杯白开水，坐在客厅沙发上，一时不知从何说起。

室验室的门打开，任教授坐着轮椅出来，说："风起回来了？白马出事了？"

风起先跟任教授寒暄几句，才说白马的事。他从头说起："白马今天早上回来，是蓬卡送他来的。蓬卡是乃猜的儿子……"

他说到白马是被井本医生开枪射伤的，任教授听了脸色变得暗沉。

任教授眯起眼睛，撮起嘴唇，思量一会儿，才说："风起，你要小心为是，井本老奸巨猾，我们不知道他打什么算盘。"

豆白则说："怕他什么？他不是通缉犯吗？干脆叫警察把他捉了。"

任教授说："对！风起，我们还等什么？马上报警，把井本绳之以法！"

"不！我必须先回不一样游乐园。我还有事情没有解决。"说完，风起匆匆上楼，敲妈妈的房门。妈妈回答她在洗澡。他推门进去，对着浴室喊："妈妈，我现在回不一样游乐园了。"

妈妈围着一条大浴巾，戴着浴帽，开门说："你今晚不是住在这里吗？明天早上再走吧。"

"明天要演出，早上回去太匆忙，我想现在就走。"风起找了一个借口。

"现在就走？那么急？"妈妈不高兴。

"妈——"风起顿足。

"好吧。你等我出来，我叫一艘快艇送你回去。"妈妈把门关上。

风起在浴室外喊道："不用了！妈，我飞回去。晚安！再见！"

他不等妈妈回答，赶快爬上阳台。阳台上没有灯光，天空黑中带蓝，几颗星星躲在各自的角落偷偷地闪烁。

风起脚一蹬，展翅一挥，腾空而起，往不一样游乐园飞去。

30. 风起抱着小芋头

风起飞上天空，在黑暗的天空里翱翔。

他冷静地想一想，觉得妈妈和豆白都不理解他，也不理解不一样游乐园。妈妈和豆白只看见不一样游乐园的表面，看不见它的温度。

不一样游乐园是暖烘烘的，只有身在其中的人才能感受出来。风起在这里生活了一整年，把它当作自己的巢。自己的身躯仿佛已经融入了这个巢，再也离不开。要他离开，会有撕裂般的痛苦。

风起拿定主意，不管妈妈怎么说，他都不会离开不一样游乐园。

他飞回不一样游乐园，鸟瞰下去，别墅的门窗都开着，泛出灯光。已经是晚上十一点多了，海阔都还不睡觉？

他收起翅膀，直线坠落。着陆之前，他再张开翅膀，减缓冲击力度。他双脚点落草地之际，听见别墅里传来婴孩洪亮的哭声。他幡然醒悟，米娜和有点花搬过来住了。

他走到门边，有点花就从别墅里跳出来，扑到风起身上："风起王子，我闻到你的味道，然后，知道你回来了。"

风起感到尴尬。他不知道他的味道是什么味道。有点花的鼻子太灵敏，比风起更了解风起的味道。让别人比自己更了解自己，就会觉得失去安全感。

有点花又说："米娜姐姐也来了，然后，小芋头一直哭，不肯睡觉。然后，米娜姐姐在房间里，哄他睡觉。"

风起推开有点花，走到门边，朝客厅望去。

瑜美公主和海阔在里面。他们冷冷地注视着他，没打招呼。瑜美公主没回水上房子，在这里做什么？

风起感到局促不安，避开他们的目光，喃喃自语："我先去看看米娜。"

他低下头，快步走向哭声响亮的房间。

房间里，小芋头光着身子露出黑毛，躺在床上握拳乱踢，大声号哭。

米娜坐在床边用手轻轻拍打他，哼着不知名的歌曲。

有点花跟在风起旁边，说："小芋头怕热，然后，不穿衣服睡觉。"

米娜扭头看见风起，站起来欠身说："风起王子，你好！"

小芋头瞪大眼睛，认出风起王子，不哭了。他从床上颤巍巍站起来，高举双手，身体摇摇晃晃。

有点花对风起说："小芋头要你抱着他，然后，飞上天空。"

小芋头要走向风起，可是床褥有弹性，不易走动。他踉踉跄跄，跌坐在床上，没有哭，仍然挺直腰板，举起双手。

米娜摆摆手，对风起说："别听有点花乱说话，这么晚了。小芋头要睡觉了，不要飞了。"

小芋头听了，哇的一声哭起来。他爬向床沿，伸手拉扯风起。

风起抱起小芋头，小芋头不安分地扭动，对风起嘟嘟囔囔，不知道在说什么。

有点花代替他说："米娜姐姐，然后，你看，小芋头要飞。"

风起被小芋头逗得乐了，对米娜说："我就带着他飞一会儿吧。"

米娜略微犹豫，答应说："好吧。不过外面风大，我给他包上纱笼。"

她拿起一块纱笼，包住小芋头，像打包袱一样，将上角绕着风起的脖子打一个结，再将下角绕着风起的腰间打一个结，等于把小芋头牢牢绑在风起身上。米娜不只怕小芋头着凉，还担心他掉落下来。

米娜说："其实，在我家乡，小芋头不睡在床上，就睡在纱笼里，把纱笼当摇篮。"

难怪，纱笼带一股尿臊气。

风起抱着小芋头，蔫头蔫脑走过瑜美公主面前，径自走到户外。

他腿一蹬，飞上天空。

他横着身体飞，把小芋头悬挂在胸前。他对纱笼没有信心，怕它松脱，双手依然抱着小芋头。

小芋头静静不动，乖乖躺在风起的怀抱里。

风起望见山崖上的道观，想到井本医生躲在里面。井本医生的小儿子就在风起的怀里。井本医生也真可怜，没有机会接触他自己的儿子。如果他看到风起抱着他的儿子，一定又羡慕又妒忌。

小芋头在风起的怀抱中睡着了，发出微弱的呼噜声。

风起飞回别墅，踏入客厅，瑜美公主和海阔仍然在里面。

海阔终于开口："风起，瑜美有话要问你。"

风起知道，要面对的终要面对，不能逃避。

他对他们比一个手势，叫他们稍等。他走向米娜的房间，把小芋头放在床上。小芋头睡得很熟，任由摆布都没有醒过来。

米娜轻声说："谢谢你，风起王子。"

有点花说："风起王子，你好厉害。"

风起走回客厅，有点花跟着出来。

海阔对有点花喝道："有点花，你回去。"

风起坐下，问瑜美公主："有什么事吗？"

他心知肚明，瑜美公主担心他找她爸爸报仇。

瑜美公主问："我们想知道你飞上山后……"

"管石姐姐没有告诉你吗？"风起反问，然后才回答，"我飞上去，没有看到人，也没有伤害任何人。"

瑜美公主又问："那你的菜刀呢？"

"留在山上，"风起腼腆地说，"我砍了松树一刀。"

瑜美公主还是板着脸孔，眼睛直勾勾瞅着他："你还会去报仇？"

风起给她一个明确的答案："不会。"

瑜美公主抿嘴，浅浅一笑，嗓子变得松软，又问："为什么不会？"

风起要找一个让瑜美公主信服的理由，于是说："我飞上去，他躲起来。他如果要开枪射我，早就把我杀死了。他可以放过我。我也可以放过他。"

说完，他觉得自己给的理由烂透了。

　　瑜美公主竟满意地笑着说："风起哥哥，你能这样想就对了。我就是担心你去报仇，怕你被打死。你不去报仇，我可以放心睡觉了。"

　　风起暗忖，你担心的，是你爸爸，不是我。

　　他说："你放心回去吧。我也要休息了。晚安。"

　　"晚安，风起哥哥。"瑜美移动轮椅出门。

　　瑜美公主忘了和海阔说晚安。

　　风起起身回房，瞥海阔一眼。

　　海阔愣在沙发上，好像空气一样，没有人跟他说话。

　　风起也不想跟他说什么，把房门轻轻掩上。

31. 海阔要拆散他们

　　海阔眼看风起就要和瑜美公主决裂，谁知峰回路转，风起说他不去报仇了，又让瑜美公主安心。

　　要拆散他们两个真不容易。

　　风起说他不去报仇，海阔心里也明白。风起是一个懦夫。他看着风起拿着菜刀飞向道观，心想，国王会一枪把风起击毙。

　　他看见风起安全下来，就料到风起只是虚张声势。他想，风起一定没胆进入道观，只是站在山门外发抖。

　　海阔相信风起再也不敢飞近道观，瑜美公主问他会不会报仇，他为了面子问题，找一个烂理由来搪塞。瑜美公主单纯，相信了他。海阔打死也不相信。

他不相信他斗不过风起。他不相信他拆不开他们俩。

第二天晚上，海阔召开会议，一定要做出一些改变。

会议桌只能容纳六个人，现在增加了三个成员，蛋猫识趣地坐在地上，有点花也挨着蛋猫坐。坐在海阔对面的是米娜。米娜手中抱着小芋头。

海阔礼貌地说："我们不一样游乐园，现在阵容更强大了。我们欢迎米娜、有点花和小芋头加入我们这个大家庭！"

米娜语带哽咽地道谢："谢谢你们收留我们母子。"

有点花抱拳说："然后，我也谢谢你们。"

其他人鼓掌以示欢迎。

海阔话锋一转，说："当然，我们也不能让他们白吃白住……"

米娜赶快接茬儿说："当然，我会给你们做饭……"

海阔没理米娜，只管继续说："他们必须参与我们的表演……"

米娜错愕，问道："我……"

海阔厉声说："你先别说话，我们不会为难你。我是说，我们的节目必须做出调整。管石，你给大家报告。"

管石应声说："海阔要我向财政部申请提高门票价格，财政部的回复是，我们必须增加节目内容，才能把票价提高。我们的节目虽然精彩，但已表演了一年，不能吸引回头客，是时候做出调整了。"

海阔接着说："简单地说，为了增加节目，双人表演的节目必须改为单人表演……"

瑜美公主紧张地问："我和风起哥哥的双人舞蹈也要分开？"

看见瑜美公主这么紧张，海阔有些不高兴。

海阔还是保持笑容说："是的，必须分开。"

瑜美公主不满地叫道："我一个人怎样上台跳舞？"

海阔勉强微笑说："瑜美，不必担心，我们不再要求你跳舞。"

瑜美公主噘嘴垂头，白了海阔一眼。她一定很失望。

海阔很想告诉她，你们亲密地跳舞，我已经容忍了一年，不能再容忍下去，对不起。

管石也安慰妹妹说："瑜美，你真的无须担忧。我们给你安排的节目，不会困难。"

瑜美公主辩驳："我不怕困难，就怕节目不精彩。"

海阔自信地说："绝对精彩，我们这次改用高科技，而且和观众有互动，观众肯定会更喜欢。"

对！高科技。海阔提起高科技就兴奋。这次高科技，犹如在风起身上置放一颗炸弹，什么时候想要干掉他就可以干掉他。海阔感到对不起风起，不过，这是国王的命令，不关他的事。嘿嘿。

瑜美公主的嘴巴歪向一边，似乎不服气。

海阔吩咐管石："你把节目简单快速地说一遍。"

管石用极快的语速说："是！节目前半部是蛋猫、出手、风起、瑜美和有点花的个人秀……"

有点花抢着问道："我表演什么？"

海阔瞪有点花一眼，指示管石继续说。

"下半部是一个短剧，全体合作演出，包括米娜姐姐和小芋头。"

米娜诧异，忍不住问："小芋头什么都不懂，怎么演出？"

管石笑着说："米娜姐姐，你放心，小芋头只需要出现，不需要表演，也不会有危险……"

海阔打断管石的话："够了，今天的会议就到此为止。至于节目的详情，管石会跟你们说明。还有什么其他事情吗？"

大家缄默。

海阔宣布："散会。"

32. 瑜美不享受表演

星期一，瑜美公主还是愤愤不平。

瑜美公主对节目的更改感到愤懑与不满，却也不能做什么。她向姐姐抗议，姐姐说一切由海阔哥哥做主，她也无能为力。

管石姐姐只是安慰她："新的节目你更轻松，不需要那么费劲，有什么不好?"

瑜美公主觉得若有所失，失去了每天最美好的时刻。

她和风起每天跳双人舞，默契已经达到两个身体一个脑袋的境界。她只要握着风起的腰，眼睛自然关闭，无须思索，翩翩起舞，宛如做了一个梦，去了一趟天堂，直到听见掌声响起，她才回过神来。

那个天堂，那个梦，将要失去。

从星期六开始，每一天傍晚时分，她不能和风起出去玩，因为她得排练新节目。新节目其实不须排练，太简单了，她一学就会。可是，海阔哥哥不是这么想。

海阔哥哥每天来监督，给她加油，给她鼓励。海阔把自己当作教练，有时要她改这样，有时要她改那样，改来改去都一样。

管石姐姐说的新科技，也不怎么样。舞台伸出一根铁条，放下一个秋千。瑜美公主只需要从水里蹿出来，攥住秋千的悬杆就行了。

悬杆上刻有波浪形凹陷，让瑜美公主舒服地握着。悬杆会自动前后旋转，瑜美公主的身体随之摇荡。观众看来，瑜美公主在荡秋千。其实，是秋千在荡她。这就是高科技吗？

或许海阔指的高科技是铁条内的机关。在瑜美公主摇荡的时候，铁条末端会渐渐吐出一个气球。气球随着瑜美公主的来回摇摆而逐渐胀大，看起来就像瑜美公主用她摇晃的力量来吹气球。

气球会胀成一个苹果形，然后自动封口。苹果慢慢由绿色变成红色。这个时候，瑜美公主摇荡得更剧烈，由钟摆变成三百六十度旋转。

瑜美公主什么都不必做，只需要抓紧悬杆。到了一定

时刻，悬杆会忽然左右晃动，瑜美公主的大尾巴随之横扫，恰恰扫中那个红苹果。红苹果像一个绣球，飞向观众台。捡到红苹果的人将会获得奖品。

海阔指的互动大概就是抛一个红苹果让观众去抢。她觉得这个主意烂透了。

她当面问海阔哥哥："只让一个人得到奖品，也算是互动吗？"

海阔笑着说："瑜美，这个问题问得好。你真有头脑。我们只发出一个奖品，但是，所有观众都觉得自己有机会。我们给一个人奖品，给其他观众一个梦想。给他们梦想，就是互动。"

瑜美公主觉得海阔哥哥狡辩，不想跟他说话。

海阔哥哥很令人讨厌，每天来看她练习，然后叫姐姐修改电脑程序。瑜美公主要荡多少下，转多少圈，什么时候摆尾巴打气球，都由姐姐的电脑程序控制。

瑜美公主觉得这根本不是艺术表演，是电脑操作。瑜美公主不像艺人，只像一个道具。如果她不出现，挂一个模型在悬杆上，模型会表演得跟真人一样精彩。

今天星期一，当了三天道具，瑜美公主厌烦死了。这样的表演，一点儿都不享受，简直是入炼狱。只有和风起哥哥一起表演舞蹈，才能上天堂。

今天，海阔哥哥没有走过来，她懒得练习，停下来休息。

她抬头望天，看见一个影子从空中掠过，飞向山上。

是不是风起哥哥？

瑜美公主揉一揉眼睛，那个影子已经消失了。

33. 风起又飞上山去

星期一傍晚，风起又带着小芋头飞翔。他们已经排练了三天。

海阔告诉他，他单人表演的项目，需要一种高科技产品，那种产品还没运到，目前不能练习。而另一项演出，就只是抱着小芋头飞。为了确保小芋头的安全，他必须和小芋头培养感情，达成默契。

他上次带着小芋头飞行，只是提着他的手臂。这样提着他，怕对手臂关节造成伤害。这次他改变方式，把小芋头抱在胸前，让小芋头的脸朝外。

小芋头并不害怕，也没哭泣。他的手脚还能自由晃动。他高兴时，就拍手欢叫。飞到高处，他会模仿风起的动作，两臂张开，像翅膀一样摆动。

今天傍晚，风起带着小芋头在天空飞翔的时候，海阔在地面吹哨子，招手叫风起下来。

风起降落，站在海阔面前。

小芋头啊啊抗议，他要风起飞，不要他停止。

海阔对风起说："住在山上道观的地主，通过他的律师跟我说，他失手射伤白马，感到非常抱歉。他愿意负责白马的医药费。你问一问你妈妈，白马的医药费需要多少，把账单交给我就行了。"

"好。"风起含糊地回答。他不想多说，不想和海阔一起胡扯。海阔说什么地主的律师，都是无中生有。风起知道，井本医生说要承担医药费，只是想灭火，扑灭大家胸中的怒火。

海阔厚颜无耻，又指着小芋头说："地主的律师也说，地主看见你带一个小孩飞上天空。地主觉得自己跟这个小孩有缘分。他想看看这个小孩，希望你今天傍晚能带着他，到道观的院子里去玩玩。"

"他要和我见面？"风起心里怦怦跳。

会不会要杀了我，夺走他的儿子？

"不。地主不想见人。他只想在屋子里面悄悄旁观。他希望你带着小芋头在院子里玩，但千万不要进入殿堂或厢房。地主心灵受过伤害，防范之心特别强，一旦受到惊吓，就会拔枪自卫，你别去惹他。"

海阔一大堆谎言，让风起感到恶心。

风起不知用什么语言来回答他，但他又担心自己的安全，于是问道："他不会开枪射我吧?"

海阔轻蔑地一笑："风起，别怕死。他要杀死你，上一次就开枪了。他只是想看看小孩。只要你不闯入禁地，不会有事的。"

井本医生只想看看小芋头。既然如此，风起就成全他吧。风起抱着小芋头，高飞上去。他在道观上，盘旋几圈，发出欢乐的叫声："呀——呀——"

小芋头配合他，开心地拍手咯咯笑。

风起发出声音，是为了给井本医生警示，让他有时间躲藏。

过了一会儿，风起才飞落院子。

院子内无人，那棵老松树依然迎风伫立。

老松树未死，树干上的菜刀已经拔掉，留下一道疤痕。

院子前面是大殿，后面是厢房，中间有一条石子小路。

小路以水泥为底，嵌着一颗颗椭圆形的鹅卵石。

风起把小芋头放在小路上。

小芋头全身赤裸，露出胸背的黑毛，赤脚踩在小路上。

他朝厢房走去，不小心踢到一颗凸出的鹅卵石，整个人摔下去。

"啊!"一声苍老低沉的惊呼,来自厢房那里。

风起赶紧扶起小芋头,不敢抬头看。

小芋头并没有哭,连吭都不吭一声。

风起用眼角的余光,偷偷瞄向厢房。玻璃落地窗的布帘后面,露出半个头颅的影子。

小芋头似乎被魔力招引,走向厢房。

他在台阶前停下来,回头看风起。

窗帘后那个影子,缩了进去。

风起站在原地不动,招手叫小芋头回来。

小芋头不理,爬上台阶,走向窗口。

窗帘后那个头颅影子,又露了出来。

他的眼睛发出亮光,盯着小芋头看。

风起喊道:"小芋头,你回来!"

窗帘后面的那张脸,几乎贴在玻璃上。

小芋头不知道是不是看见了那张脸,竟然哇哇大哭。

那张脸缩回去,藏在窗帘后。

风起一个箭步跑过去,抱起小芋头,拍打翅膀飞上天空。

够了,他觉得给井本医生看够了。

井本医生是风起的敌人,风起为什么要帮助他?

风起也不知道,也许出于同情吧。

34. 瑜美抹一鼻子灰

今天星期二，瑜美公主已经四天没有和风起哥哥单独相处了。

星期五到星期一，每天傍晚，海阔把他们两人分开排练，不让他们有机会相聚。

只有两人共舞的时候，他们才在一起。

两人共舞，注重身体语言，嘴巴都不说话。

今天，瑜美公主再也忍不住，在风起哥哥抱起她时，悄悄开口问他："昨天，你去了哪里？"

昨天傍晚，瑜美公主望见风起哥哥飞上山去，不知道自己是否看得真切。她真担心风起哥哥再去找爸爸报仇。

风起托着瑜美公主的腰部，在她背后回答："我带着小芋头飞上了山。"

瑜美公主顺势翻一个身，问："你不怕……"

她也担心爸爸会一枪让风起哥哥毙命。

风起扶着瑜美公主说："是那个人邀请我上去的。"

瑜美公主按着风起哥哥的肩膀，扬起脖子问："你怎么知道的？"

"海阔说的。"风起在瑜美公主的脖子边细声回答。

瑜美公主绕着风起哥哥转动，问："你看见那个人了？"

风起高举翅膀，说："没有。我和小芋头在院子里玩。"

瑜美公主双手撑地，头下尾上，问道："他看见你了？"

风起扶着瑜美公主的尾巴，说："也许。他躲在厢房里。"

瑜美公主不再问了，继续跳舞，脸上挂着笑容。

她很满意风起哥哥的回答。

节目排练完之后，瑜美公主心里的喜悦还在延续着，发亮着，一扫过去的阴霾。她最担心的事都没发生。

现在，风起带着爸爸的儿子去给爸爸看。爸爸看见风起也不想杀死他。两个她最亲近的人似乎泯灭了恩仇。

傍晚，海阔哥哥又来看她练习，要她反反复复荡秋千、拍气球。她感到厌倦，想使个小计逃离现场。

她在悬杆上转了一圈，假装呼痛："哎哟！"

海阔马上走到水边，怜香惜玉又肉麻地问："怎么啦？"

瑜美公主放手，扑通一声落入水中，再从水里冒出头来，伸手放在眼前看，埋怨说："手掌快起泡了！"

海阔二话不说跳入水里，攥住她的手，要近距离看。

她挣扎着嗔道："疼啊！"

海阔放开手，柔声说："对不起。你辛苦了。你今天休息吧，别再练了。"

"谢谢海阔哥哥。"瑜美公主甜甜一笑，然后一翻身，往水里去。

海阔追过来，喊道："瑜美，你去哪里？"

瑜美公主不理他，猛拍尾巴，神速游开，摆脱了他。谅海阔尽最大的力量，也无法追上她。

海阔落在后头，好像在喊什么，瑜美公主听不清楚，也不想听清楚。要听海阔说话，不如听海浪哗啦啦响。

瑜美公主快速且快乐地游泳。风起几句话，她快乐一整天。

她憋着气在水里游了很远，才抬起头来呼吸。

她看见白色灯塔。

好久没有去看出人头雕，不知道他是否还活着。

今天水涨得高，灯塔只露出最上面一个窗口。

她潜入水里，从水里的窗口，钻进灯塔，在灯塔里冒出水面。

灯塔里面黑蒙蒙的。瑜美公主倚靠在旋转楼梯旁，嗅到混杂着粪臭和尿臊气的味道，难闻极了，让她差点儿呕出来。

出人头雕也真是的，什么都拉在里面，不会去外头解决吗？

她捏着鼻子问："出人头雕，你还在吗？"

上面黑暗处看不见影子。

瑜美公主又问："出人头雕，你死了吗？"

出人头雕在上面气急败坏地回答："你才……死了！我不会……那么容易……死。你……来做什么？"

出人头雕并不愿意飞下来，只是躲藏在阴暗角落说话。

"我来跟你说话。没有人跟你说话，你很可怜。"

黑暗的角落保持沉寂，只听见外面海浪拍打灯塔的哗啦哗啦声。

瑜美公主不管了。有些话，她只是想说出来，不管他听不听。

"我跟你说，风起哥哥抱着我爸爸的儿子……"

黑暗的声音忍不住问："是……小孙？"

"不是小孙。小孙下落不明，听说死了。是我爸爸的小儿子，我的小弟弟，才一岁多，很可爱。"

瑜美公主第一次对人称小芋头为弟弟。小芋头促成风起哥哥和爸爸"和平共处"，瑜美公主不再那么讨厌他。

"跟……跟……跟谁……谁生……的……？"出人头雕

结结巴巴地问。

"米娜。跟米娜生的孩子。"瑜美公主小声说。提起爸爸欺负米娜，她心中还是觉得羞耻。

"畜生！畜生！畜生！"黑暗中的声音不再结巴，竟骂得挺顺溜。

瑜美公主没有回应，继续说："风起哥哥抱着我弟弟，飞到山上，给我爸爸看。我爸爸看见我弟弟，看见风起哥哥，也没有开枪。"

出人头雕没有听懂，问："国王要杀死他儿子？"

"不是！"瑜美公主觉得出人头雕很烦，一直插嘴，"上次我爸爸开枪射白马，风起哥哥很生气，想报仇，现在也没有找我爸爸报仇。我爸爸也没有对风起哥哥怎么样。这样很好。两人和平。我很高兴。"

瑜美公主一口气说完，不理出人头雕在上面问什么。

出人头雕飞下来，站在旋转楼梯上大声问："你说……国王开枪……射白马？"

"是。"瑜美公主看见出人头雕气鼓鼓的脸孔，吓一跳。

出人头雕对瑜美公主喷着臭气："他把白马……怎样了？白马死了？"

瑜美公主看他一副凶神恶煞的样子，不想回答他，说："我不知道。"

出人头雕跳到瑜美公主面前，逼问："为什么国王要杀它？"

"白马发现了爸爸的秘密。"瑜美公主往后退，靠着灯塔砖墙，害怕地说实话。

"这样……就杀人？"出人头雕气得颤抖。

"不跟你讲了，我要走了。"瑜美公主说，"你很臭！"

"我臭？"出人头雕反驳，"你爸爸才臭！你爸爸……王八蛋！你爸爸……没有人性！你爸爸……该死！罪该……万死！"

瑜美公主伸手去抓出人头雕，喝道："你不要骂我爸爸！我拔光你的毛！"

出人头雕迅速闪开，飞上黑暗的角落。

"我要骂！你爸爸是坏人！世界上……最坏的人！罪该万死！"他在黑暗中嘶喊。

"出人头雕，我跟你说，我再也不来看你了！你是死是活，我不管了！"

瑜美公主气坏了，拍尾巴一跃，从水上的窗口跳出去。

她觉得自己真傻，本来高高兴兴的，却来这里抹一鼻子灰。

35. 瑜美替出手担忧

　　瑜美公主游回家时，是一跃一跃的。她从水中高高跃起，好像豹子跳，再扎入水里，顺势游下后又往水面蹿出来。这个游泳方式，会消耗大量体力，有泄愤作用。

　　回到水上房子那里，怒气也消了。出人头雕是什么东西？何必把他说的话放在心里。不跟他一般见识。风起哥哥说的话，才是最重要的。

　　今天水涨得特高，海浪接近水上房子的地板。

　　出手趁着潮起的时候，去找妈妈说话。她双手抓住走廊的栏杆，在水里露出海豚的大头来。

　　妈妈则在走廊地板上，盘膝而坐。

　　在妈妈旁边，是蛋猫。蛋猫是出手的好朋友，它伏在地板上，面对出手，听出手说话。

出手尖尖的嘴巴，不停地说着。

瑜美公主好奇，想听她说什么，游到出手旁边。

"我真不明白海阔，不知他打什么算盘。他要增加节目内容，要我单独演出，也要蛋猫单独演出。单独演出就单独演出，可是为什么要删除我和蛋猫的合唱？多一项合唱，节目不是更丰富吗？"

妈妈帮海阔解释："也许他要更改节目内容，要以全新的方式呈现。旧的节目全都删除。"

出手尖声埋怨："他也可以让我们合唱啊！我们可以唱新歌。我的声音高亢，蛋猫的声音低沉。我们合在一起，才有那种……层次感。只有我一人唱高音，高高浮在空中，下不来，唉……能听吗？"

蛋猫附和道："是啊！我也觉得不对。没有你的声音，我的歌声好像埋在泥土里面，出不来。海阔真是奇怪，偏偏不让我们合唱。"

瑜美公主听了，颇有同感，于是也开口说："对极了！我和风起哥哥共舞，合作得好好的，他却非要拆散我们不可。"

一言惊醒梦中人，出手找到答案，拍着地板说："我知道了！他就是要拆散你们两个，才出这个鬼主意，说前半部只有单独表演，没有合演。就是因为你们两个，他才做出这个不合理的决定。"

"为什么他要拆散我们?"瑜美公主不服气,认为这不是原因。

出手直白地说:"因为他喜欢你啊!你又不喜欢他,只喜欢跟风起在一起。他看见你们两个那么亲热,妒忌你们,才要拆散你们。"

瑜美公主脸颊绯红,辩解:"哪有!我和风起哥哥,只是跳舞。我们……我们只像哥哥和妹妹……"

出手调侃说:"我知道。你不用解释。我不是说你跟风起王子怎样,我是说海阔以为你跟风起王子怎样,一股妒火把他烧得头脑坏了,才会无理取闹。我看,要解救的方法,就是你也和海阔跳舞……"

瑜美公主气得快要掉泪了,冲过去捶打出手:"你乱讲!你乱讲!"

出手大海豚的身体,并不怕瑜美公主捶打。她稍微转过脸来,用一只眼睛看瑜美,假装求饶说:"哎哟!别哟,别打。我怕了你。瑜美公主,你别生气,我说着玩的。"

瑜美公主停手,气呼呼地骂:"胡说八道!"

出手认真地说:"海阔也许不是为了你,但我们不知道他在想什么。我只是觉得,他变得怪怪的,一定有什么问题。"

余妈妈若有所思,说:"我也觉得他怪怪的……"

出手好像自己是神探似的，问道："怎么怪怪的？你说，你说。"

余妈妈说："我年纪大，睡眠浅，晚上常醒来。我发现，海阔常在半夜乘着电瓶船出去。"

蛋猫连忙解释："海阔的压力大，可能睡不着，出海散散心。"

余妈妈说："我开始也是这么想的。后来发觉，事有蹊跷……"

出手盘问："什么蹊跷？说。"

余妈妈说："我发觉他每次出海的时间，都是午夜十二点。"

蛋猫插嘴："可能每晚在这个时候他就睡不着。"

"还有……"余妈妈犹豫着，不知该不该说。

"还有什么？说。"出手又问。

"最近一个多月，我做了记录，发觉海阔每次晚上出海，不是星期二，就是星期五。他每个星期二和星期五准时出发，是不是巧合？"余妈妈说的时候，望向瑜美公主。

妈妈以为瑜美公主知道这件事？瑜美公主不知道。难道妈妈以为自己跟海阔有约？

"太巧了！不可能这么巧！一定是去找什么人？"出手说后，瞟瑜美公主一眼。

瑜美公主反击道："海阔哥哥出海去，可能是去找出手。他跟出手有约会。”

出手大笑，说：“他找我有什么用？晚上十二点，我都和我老公在一起，才没空理睬他。”

蛋猫说：“或许是海阔在进行某种训练，他每个星期在海里训练两次。嗯，对，定期训练。体能训练。”

瑜美公主不明白蛋猫为什么一直帮海阔哥哥说话。

“不可能！”出手否定蛋猫的说法，她又瞟瑜美公主一眼，说，“瑜美公主说他去约会，比较可能。他会跟谁约会？”

瑜美公主的心抽搐一下。她忽然明白，海阔一定是跟爸爸秘密约会。她马上说：“管他跟谁约会，我们没有兴趣知道。”

“我有兴趣！”出手真想做侦探，说，“我一定要查。我要查出他跟谁约会。”

瑜美公主不知如何阻止她，只能说：“算了吧。你还是陪你老公吧。”

“不！我一定要查出来！”她来劲了，问余妈妈，“今天星期几？”

“星期二。”余妈妈回答。

“好！我今晚去查。明天傍晚，我来这里告诉你们答案。”出手兴奋地说。

蛋猫大声说：“出手！你不要多管闲事！”

出手坚决地说："你们不要阻止我！我一定要查个水落石出！"

她说完，放开手，身体一转，往大海游去。

怎么办？瑜美公主真不知该怎么办。

"我怕出手会出事。"蛋猫喃喃自语，起身离去。

蛋猫知道什么？它怕什么？怕出手被爸爸打死？

如果海阔哥哥真的和爸爸约会，出手又撞破爸爸的秘密，她可能会被爸爸开枪射死。

出手是瑜美公主的朋友。瑜美公主漂泊在外、居无定所时，出手帮了她很大的忙。她也不希望出手就这么死去。

瑜美公主束手无策，在海里愣着。

余妈妈站起来，倚着栏杆说："瑜美，上来吧。管石买了护霜给你，你上来试试看。"

护霜！瑜美公主赶紧往电梯口游去。余妈妈说，瑜美公主渐渐长大，袒露上身不好看，要她穿上泳衣。但她嫌泳衣累赘，不愿意穿。

最近，瑜美公主看见有些观众不穿衣服，身上喷着浓厚的色彩。昨天她问姐姐，姐姐说那是护霜。为了环保，很多人用护霜取代衣服。但是姐姐还是不习惯，觉得穿衣服比较安全。瑜美公主说她想试试。

今天，姐姐就给她买了护霜。她一高兴，对出手也不那么担忧了。她相信，出手会有好运，她无须杞人忧天。

36. 海阔佩戴电磁枪

星期二午夜，海阔准时出海，在山洞里等待国王。

海阔站在电瓶船上，望向洞外。靛蓝的天，靛蓝的海，界限不清晰。粼粼波光，显示海面所在。今晚的月亮分外明，波光特别闪亮。

这个时刻，海阔一遍又一遍地背腹稿。想一想这几天平安无事，他没有什么好担忧的。

上个星期五，国王交代他，让风起在星期一傍晚抱着小芋头上山去，让国王看看亲生儿子。他把这件事做得漂漂亮亮，无懈可击，相信国王一定很满意，对他赞不绝口。

他准备接受赞美，可是国王迟迟不来。他对国王这种安排并不认同。他认为网络比较方便。无奈国王如惊弓之鸟，不敢碰网络。国王说网络充满眼睛，没有秘密，他担心他会被监视。

海阔揣测国王用这种方式，是为了和他见面。如果国王把自己关在山上，没与他人接触，可能会疯掉。他是国王见到唯一有生命力的人，国王需要他的能量。

不知过了多久，终于见到影子出现在洞口。他说："国王。"

国王跳上他的船，船身摇晃，国王抓住他的肩膀，在他耳边说："不要说话！你这个混蛋，被人跟踪了还不知道！我在上面，见到出手的影子，一直跟着你的电瓶船。你现在拿着这个……"

国王把腰带交给他。

这是他熟悉的腰带，腰带穿过一个枪套，枪套上插着一把电磁枪。

"她躲在附近。你今天什么都不用说，拿这个出去把她杀掉。"国王说完，从电瓶船跳上岸。

海阔没有杀过人，心里七上八下。正打算开船出去，国王又跳进船里来，附在他耳边说话。

"杀了她之后，你不要带着枪，避免嫌疑。你把枪交给瑜美。明天晚上你再把船放在这里，我要去找瑜美，顺便把枪拿回来。我还需要这把枪。"

海阔带着枪，心头怦怦跳。他必须去杀人。

他告诉自己，出手不是人，只是一只宽吻海豚。杀死宽吻海豚，即使被发觉，罪名也不大，他不害怕。

可是，杀死出手，如果被不一样游乐园的人发现，就不得了。

国王想得周密，如果人家以为他没有枪，就不会怀疑是他杀的。

没有人会怀疑瑜美公主杀出手，所以国王要他把枪交给她。

电瓶船从山洞出来，海阔心情沉重。他既希望看见出手，又不希望看见出手。他想杀出手给国王看，又不忍心下手。他内心里还是一个好人。

他站在电瓶船上，在山洞附近兜一圈。环顾海面，没有看见出手。国王说能看得见出手的影子，怎么他看不见？会不会是出手走了？还是国王看错了？还是角度问题？

海阔抛锚，让电瓶船停着。

他脱掉上衣，跳入水里。虽然月光明亮，海里还是阴暗的。他没有看见什么可疑现象。

海阔游泳慢，笨拙地游了一会儿。他的慢，他自己明白。如果出手看见他，早已经溜走了。他忽然发觉自己这么做，是极为愚蠢的事。他爬上电瓶船。海风吹来，他身体湿淋淋的，打了一个哆嗦。

找不到出手，他把船驶回山洞，想问国王下一步应该怎么做。

进入山洞，海阔战战兢兢。他没有找到出手，没有杀死出手，准备挨国王一顿骂。

他把船搁浅，国王没有跳过来。

"国王。"他轻轻呼唤。

没有回应。

"国王。"他稍微提高声量。

依然没有回应。

国王会不会出事了？倒下了？

他跳上岸，在山洞里走动。

山洞不大，不过坑坑洼洼。

他摸黑而走，跌跌撞撞，找不到国王。

"国王。"他大声喊。

国王说不可以开手电筒。他不管了，打开手电筒照射。山洞里果然没有人。国王离开了。

国王离开了。他该怎么办？

明天下午，出手会回到不一样游乐园表演。

他是要装作若无其事，还是要把她杀死？

没有国王的指示，他就像在汪洋大海中看不见灯塔，茫然不知所措。

37. 蛋猫为出手担忧

星期三这天，蛋猫心里忐忑不安。

蛋猫躲在后台，等待出场，不知道今天出手会不会安全回来。如果昨晚出手撞破国王的秘密，恐怕今天就再也不会回来了。

通常这个时候，出手已经到了。但她不会露出水面，只在水里按钮，向监控室报到。监控室由管石坐镇，出手有没有来，目前只有她一个人知道。

昨晚，蛋猫看见海阔驾着电瓶船出去。他回来后，一如往常，悄悄走回别墅。今天早上，海阔从别墅出来，神情自若，也没有什么异样。

今天看来风平浪静，就好像每个工作日一样，各就各位，各做各的，好像什么事都不曾发生。

最好是这样，什么事都不会发生。

海阔在司仪台上报告："我叫海阔王子，是今天的司仪。今天的第一个节目，我要请出我们的歌唱天王，蛋猫王，有请。"

蛋猫从后台走上台阶，步入舞台。

掌声响起。蛋猫好像听不见。它对掌声已经麻木。

蛋猫扶起舞台上的低音提琴，唱起那首它唱了一年的歌。它唱得滚瓜烂熟，手指自然而然地弹琴，表演像走路一样容易，无须用脑。

可是，蛋猫今天的脑子不空闲。它为出手担忧。它在舞台上演唱，舞台前是水上表演区，待会儿出手会在表演区出现。它盯着表演区的水面，希望看透海水，看见出手的身影。

出手没有让它失望。出手在表演区后面的海域出现。她露出尖嘴，挥动双手，和蛋猫打招呼。她平时都是匿藏水中，不会现身。今天她特地露出来给蛋猫看，似乎理解蛋猫的担忧。

蛋猫放心了，放开胸怀唱歌，唱得特别投入，闭起眼睛，把全部感情融入浑厚的歌声。

接下来的掌声，虽然和平时一样，蛋猫听来特别响亮。

蛋猫要唱第二首歌了。这是一首合唱曲，它唱一句，出手和一句。今天蛋猫忽然觉得，能够和出手在这里一唱一和，是多么幸福的事情。

它唱了第一句，尾音拉了三拍。三拍过后，出手应该接着唱。

怎么慢了一拍？

出手没有接唱第二句！

"啊——"

出手倏然发出惊骇惨叫声。

蛋猫望向水上表演区。

出手高高跃出水面。一只大海豚，身体扭曲了。她一只修长的手臂往上甩，将一把竖琴抛向天空。另一只手臂断了，断臂喷出鲜血。她的半边身体似被烫伤，像半边发红的桃子。

蛋猫震惊，哭喊："出手——"

出手坠落海里，溅起一朵巨型浪花，弄得蛋猫的脸都被打湿了。

蛋猫撂下低音提琴，纵身跳入水上表演区。它的肚子打在水面上，感到剧烈的疼痛。接着，它二百五十公斤的身体沉入水中。它在水里挣扎，四肢乱挥。它知道，老虎是会游泳的。老虎是游泳高手。

出手，振作起来！

蛋猫喝了几口海水，才把头撑出水面。

出手拖着一股白中带红的海浪，稀里哗啦地离去。她逃到远处，又高高跃起，愤怒地吼叫，然后沉入水里，不再出现。

出手消失了。

蛋猫努力抬高头，只见大海茫茫，浪潮层层叠叠而来。

出手死了吗？

蛋猫仰天大叫："出手——"

它在水中浮沉，思绪混乱，不知该做什么。

做什么都挽救不了，一切都太迟了。

谁开枪射杀出手？

是不是海阔？

海阔太可恶了！

要不要把海阔咬死？

38. 瑜美举起她的手

　　瑜美公主这一次出场，想在胸前喷上护霜，又举棋不定。喷了橘红色，觉得太抢眼，把护霜撕了。后来又喷了草莓红、苹果绿和孔雀蓝，都觉得怪怪的。

　　她忽然想起出手。不知道出手怎样了。她撕去身上的护霜，匆匆乘电梯下楼。电梯门打开时，在水里她似乎听见一声惨叫。陆地上的声音在水里听得并不清楚。

　　瑜美公主急忙游向表演区，却差点儿撞上海阔哥哥。

　　海阔哥哥在水里握着她的臂膀，把腰带解下，交给她。

　　她看着手里的腰带，还有腰带上的电磁枪，不知道发生了什么事，不知道海阔哥哥要她做什么，在水里又不能开口问海阔哥哥。

海阔往电梯口指一指，就迅速离去，游向司仪台。

瑜美公主拿着腰带和电磁枪，游回电梯口，把手指按在静脉识别器上。电梯门打开，她看见轮椅上的水桶，把枪和腰带投入水桶里。电梯门关上，她仓促离开，冲向表演区。

表演区的水污浊不清，带着一股血腥味。瑜美公主感觉大事不好，加速前冲。一根像棍子的东西阻挡在她前面。她抓起那根东西看清楚，是一只修长的手。

只有出手的手才这么长。

瑜美公主惊吓得张开嘴巴，要叫，却吞了一口海水。

她吐去海水，把头露出水面，想大叫一声。张开嘴巴，发现观众正在看着她。她叫不出来。

海阔哥哥在司仪台上报告："各位观众，请别离席。大家看，海底公主出现了。下一个节目就要开始了。海底公主，举起你的双手。大家看，海底公主的手也能起舞。"

音乐响起，瑜美公主又把头沉入水里。

海阔哥哥！都是海阔哥哥害的！是海阔哥哥开枪射断出手的手的！

水中设有扩音器，听得见音乐。

瑜美公主不愿意伸出自己的手。她抗议。她举起出手的手，让出手的手在水面上跟着音乐摇摆。

她在水里，也听得见上面的观众哗然。

不对，海阔哥哥为什么要开枪射杀出手？那一定是爸爸的主意。一定是出手撞见爸爸的秘密，爸爸要海阔杀人灭口。

爸爸真狠哪！

瑜美公主心痛如绞。

她知道，风起哥哥将会飞过来拉她的手。她不能让风起哥哥拉出手这只手。她把出手的手抛开，蹿出水面，举起自己的手。

海阔依旧背着台词："这是海底公主。她从深海的海底上来，是为了等待风中王子。风中王子来了没有？"

风起飞过来，要拉起她的双手。

依照剧本，她应该把手缩回来。可是她没有。她等不及了。她要跟风起哥哥说话。

风起握住她的手，脸孔朝下。

瑜美公主反扣风起的手，脸孔朝上，对风起说："出手她……出手她……"

她哽咽，说不出话来，眼泪倒是顺畅地流出来。

风起哥哥对着她说："我知道了。鲨鱼咬断出手的手。"

鲨鱼咬断出手的手？

瑜美公主糊涂了。

这里几时出现鲨鱼了？

瑜美公主摇头，说："不是……不是……她的手……"

风起说："我看见了。我看见你举起她的手了。是鲨鱼咬断的。"

风起哥哥为什么肯定是鲨鱼咬断的？

要不要告诉他真相？

告诉他真相，他会不会又拿刀去找爸爸报仇？

瑜美公主又犹豫了。

39. 蛋猫后悔来不及

星期三晚上，蛋猫伏在小亭的长凳上，感到沮丧。

今天傍晚，有好几次，它瞄着海阔的颈背，只要扑过去张口一咬，海阔就完了。

它没有下手，失去好几个机会。

它像什么老虎！哪有老虎这么窝囊！

如果它是普通老虎，就不会这么客气了。就是因为它有人类的脑子，人类的脑子总是想太多，有太多的顾虑。

杀死海阔又怎样？能够解决问题吗？

不能，幕后黑手还在山上。

国王有黑猩猩的身体，随时能从山上爬下来。国王下来，会杀死蛋猫。蛋猫不怕，死就死。国王也会杀死风起王子、有点花，还有其他人。

国王有枪。他的电磁枪好厉害。出手的伤势和白马雷同，一定是国王那把电磁枪造成的。

那把电磁枪原本是海阔的，可是这里的政府实施枪支管制，海阔说他把电磁枪上缴给政府了。谎言。都是谎言。白马受伤后，蛋猫就知道海阔把电磁枪给了国王。

可是，海阔没有枪，没有证据说是海阔开枪杀出手。

海阔说是鲨鱼攻击。下午他湿漉漉地站在司仪台上说："各位观众，请别慌张，你们坐在观众席上是安全的，请别离席。我刚才下水看了，看见鲨鱼。海豚歌后受到鲨鱼攻击……"

一派胡言！鲨鱼会喷火烧伤出手吗？

可是，又有什么证据说是海阔攻击的？海阔身上没有枪啊！

要是蛋猫把海阔咬死，人家会信服吗？

难道是国王躲在水里攻击出手？

一只黑猩猩不可能躲在水里。

蛋猫虽然有人类的头脑，但是它的脑子太小，只有二百五十克。有很多东西，它想不通。所以它不敢贸然行事，它怕自己鲁莽犯下错误。

它想着想着，嗅到有点花的味道。

有点花走过来，挨在蛋猫身边。有点花平时在米娜的

房间里睡觉。米娜和小芋头睡在床上，有点花睡在地板上。地板凉快，它怕热。

"怎么？睡不着？"蛋猫问。

"房间里很闷，然后，我睡不着。然后，我想起出手姐姐。蛋猫哥哥，然后，你说，出手姐姐会不会死？"有点花忧虑地问。

蛋猫分析说："上一次，你还没有来的时候，白马也被烧成这样。可是，白马去医院治疗，才保住了命。现在，出手烧成这样，又没有送去治疗，我看，凶多吉少。"

有点花说："蛋猫哥哥，然后，我不明白。出手姐姐被鲨鱼攻击，然后，你说，被烧成这样……"

蛋猫问："你看到出手的伤痕了吗？"

有点花说："我没看到，然后，他们说，鲨鱼咬断出手姐姐的手，然后，出手姐姐跳起来，流很多血。然后，断一只手，就会死吗？"

蛋猫说："有点花，你相信我，出手是被枪射伤的。那种枪叫作电磁枪，能射穿人，也能烧伤人。我亲眼看见出手被烧伤，伤势很严重。"

有点花又问："然后，谁开枪的？"

蛋猫欲言又止。它无奈地说："不知道。"

它不能告诉有点花是海阔开枪的。有点花嘴巴大，万一它透露出去，传到海阔耳朵里，它就完了。有点花完了，蛋猫也完了。

蛋猫后悔告诉有点花电磁枪的事。出手是枪伤，蛋猫也不能说。海阔说出手是鲨鱼伤害的，蛋猫怎么能说是枪伤的？

出手跳起来时，时间短暂，一瞬间就落回水去，风起没有看见，瑜美公主没有看见，余妈妈没有看见，米娜没有看见，管石也没有看见。他们都只听见凄厉的叫声，只看见海水被染红。海阔说是鲨鱼，就是鲨鱼。

蛋猫慎重地说："有点花，有一件事，你必须牢牢记住。不要告诉任何人出手是被枪射伤的，你就当作海阔说实话，出手是被鲨鱼咬伤的。"

有点花又问："然后，海阔哥哥为什么要说谎？"

蛋猫严厉地说："有点花，你听好。有些事，你不知道好过你知道，你知道了性命就难保。不要问了，你回去吧。回别墅去，躲在里面，晚上不要再出来。"

有点花失望地说："蛋猫哥哥，我看你伤心，然后，我来陪你。然后，你不要我陪，你叫我走。蛋猫哥哥，然后，我走了。然后，晚安。"

它那么坦白地说出来，反而令蛋猫不好意思。

蛋猫只能回答："晚安。"

有点花走后，蛋猫把头伏下来，又胡思乱想。

然而，有点花转一圈又回来。它匆匆说："蛋猫哥哥，我发现一个人，然后，我要去看看……"

它发现什么人？

蛋猫回头看有点花，有点花正往后面山林奔去。

蛋猫走出小亭，有点花已经爬上山去。要爬上这座山，必须从后面山林绕上去。

蛋猫仰望山上。道观外有一个影子走向崖岸。

有点花看见那个影子了？它要上去，看看是不是国王？

蛋猫想阻止有点花，但已经来不及。有点花已经爬上山腰。

有点花是猫科动物，蛋猫也是猫科动物，猫科动物的眼睛好，黑暗中看得清楚。在这里，晚上能够看得见国王的，只有它们两个。

眼睛比人类好，脑子比人类小，看到不该看的，就会惹祸上身。

蛋猫只能空着急。

赶着去送死的，一个又一个。

第一个是白马，第二个是出手，第三个是有点花。

蛋猫战栗，它实在不想再听见惨叫声。

40. 瑜美觉得很恶心

　　表演结束后，瑜美公主不管三七二十一，出海找出手去了。

　　她心中感到愧疚。前年，她离开不一样王国，流浪在外，都是出手照顾她。要不是出手帮忙，她也不能和她妈妈团聚。

　　虽然风起哥哥说出手是被鲨鱼咬的，她心里知道，风起哥哥是被蒙骗了。她知道，出手那只手是被海阔哥哥用电磁枪切下来的。

　　电磁枪的厉害，白马已经领教过。继白马之后，轮到出手。谁会是下一个受害者？会是风起哥哥吗？瑜美公主内心抽搐。

白马的后腿被电磁枪切掉，它的半边身体也被严重烧伤。瑜美公主要去看出手，看她除了失去一只手，身上还有什么伤势。

出手曾经多次帮过瑜美公主。瑜美公主就想帮她这一次。她想把出手带去靖雯阿姨家，让靖雯阿姨治疗。要是白马没有得到靖雯阿姨的治疗，可能早就死了。

瑜美公主来到白塔附近。出手常在这里的海域出没。她在白塔附近找了好久，却找不到出手。出手不会躲进白塔，她的身体进不了白塔的窗口。瑜美公主也不想进入白塔，不想再遇见出人头雕。

她找到天黑，不见出手的踪影，只好回家。

洗澡后，她去饭厅吃晚餐。她觉得很恶心，吃了几口就咽不下了。

她坐在凶器上面。其实，也不能说坐，她根本没有一个可以坐上去的臀部。她只是把大尾巴蜷曲，摆一个 S 形，塞在水桶里面。水桶里面还有一条腰带和一把枪。她不想去碰它，不想去看它。

妈妈和姐姐都在餐桌旁默默地看她吃饭。

她停下来不吃，姐姐才开口说话。

"刚才你去了哪里？我们问风起，风起说他也不知道。"

瑜美公主坦诚说："我去找出手。"

姐姐叫道："你还去找出手！你不怕鲨鱼吗？出手流着

血，鲜血会引来更多鲨鱼的攻击。万一你遇上鲨鱼群，你逃得了吗？"

"没有鲨鱼。根本没有鲨鱼。"瑜美说完，又觉得不对。她不该戳穿海阔哥哥的谎言。海阔哥哥也是受爸爸所托。追究起来，会把关系闹得很僵。她补充说明："我去找出手，根本没有遇见鲨鱼。"

"你找到出手了吗？她怎么啦？她的手止血了吗？"妈妈关心出手。出手是她的老朋友。

"我找不到出手。"瑜美公主啜泣。

妈妈在饭桌上安慰她："不要担心，出手只是失去一只手。"

瑜美公主听了更伤心，呜呜大哭。妈妈不知道，出手是被电磁枪射到的，受到的伤害不只是一只手那么简单。

妈妈继续说："出手曾经告诉我，她很羡慕普通的海豚。海豚本来就没有手，出手生出来多了两只手，现在意外失去一只手，加二减一，她还有一只多余的手。"

瑜美公主还是禁不住流泪。她不认为出手的一双手是多余的，这双手，曾经多次帮了她。

姐姐又问她："你在这附近，曾经看过鲨鱼吗？"

姐姐跟出手没什么感情，只是关心鲨鱼的问题。

她回答没有。

姐姐又问："我只是想知道，这附近到底有没有鲨鱼出没？"

她不想说话，只管流眼泪。

姐姐喋喋不休地说："我是为你好。瑜美，万一这里有杀人鲨鱼，对你也很危险哪。你看，今天它攻击了出手，食髓知味，明天又来攻击你，怎么办？"

她不想听姐姐啰唆，移动轮椅回房去了。

瑜美公主关在房间里哭泣，哭得眼睛肿、鼻子塞、气不顺。

她为出手流眼泪。

她也为爸爸流眼泪。

她不知道自己为什么会有这么残忍的爸爸。虽然妈妈说，井本医生不是她亲爸爸，但是她从小就把他当作亲爸爸，心中爸爸巨大的影子是抹不去的，爸爸的爱是她成长的能量。

她对着窗口。爸爸今晚会不会来？

她心里矛盾，想见到爸爸，又不想见到爸爸。自从那次爸爸从窗口爬进来，她晚上再也没有关窗睡觉。以前骚扰她的浪潮声，习惯后就变成催眠曲。以前窗外拂来的海风，现在变成拍抚她入睡的手掌。

今晚，要不要把窗户关上？

想起出手，想起白马，她愤然把窗关上，拴好。

然而，少了那浪声，少了那海风，她不能入眠。

41. 瑜美的心被炸碎

"咣当、咣当……"

是风吹窗户的声音，还是有人敲打窗户的声音？

瑜美公主把轮椅移过去，打开窗户。

爸爸身手敏捷地跳进房间，顺手把窗户掩上。

瑜美公主瞅着爸爸，没有开口叫他。

爸爸咧开嘴角一笑："宝贝，怎么啦？最近的事，吓坏了你？"

瑜美公主愣怔，没有回答。

"对了。宝贝，今天我来，最重要的事，是取回我那把枪。海阔有没有把枪交给你？"

瑜美公主听了不是滋味。爸爸今天来，最重要的不是看她，而是为了那把枪。

她把手伸入水桶里，抽出湿乎乎的腰带，把腰带连同电磁枪交给爸爸，洒下一地的水。

爸爸接过腰带，绑在自己腰间，边说："宝贝，你太聪明了，想出这个法子，把枪藏在这么隐秘的地方。就算别人要搜查，也搜不到。"

瑜美公主不是故意把枪藏在水桶里，而是不想再去碰它。

"宝贝，为什么不说话？生我的气？我承认，是我开枪射伤白马，也是我命令海阔暗杀出手。"

"你为什么要这样做？"瑜美公主质问。

"宝贝，我害怕呀！……"

这样的理由，爸爸不只一次说过。爸爸每次要开杀戒时，都这么说，说得很可怜，好像自己是受害者。以前，瑜美公主相信爸爸，同情爸爸。现在，她认为爸爸说这些都是借口，只为了逃避责任。

"……白马突如其来，我受惊吓，才拔枪自卫……"

爸爸说得太好听，瑜美公主忍不住反驳："你是要杀人灭口！"

爸爸一怔，有点儿难为情，马上又挤出笑容，说："宝贝，你说得对，我要杀人灭口。我的处境危险，被人发觉了，不是我死，就是它死……"

瑜美公主辩道："白马根本不会说话，你为什么要杀它灭口？"

"我一时受惊吓，才开枪的。开枪后，想起白马不会说话，后悔也来不及了。其实，白马很聪明，就算不会说话，也会表达它的意思，所以，我必须在它认出我之前，及时出手。"

爸爸说的话前后矛盾，又说受惊吓，又说及时出手。

瑜美公主还是关心爸爸的，问："白马认出你了？"

"我不知道。白马现在的情况怎样了？"

爸爸对白马的情况一知半解，让瑜美公主吃惊。瑜美公主知道，昨晚爸爸才见到海阔哥哥。海阔哥哥没有向他报告吗？

瑜美公主听风起哥哥说，白马已经康复，情况良好，前天离开动物医院，目前暂时住在靖雯阿姨家。

白马的情况，海阔哥哥可能真不知道，所以爸爸才来问她。她要跟爸爸说实话吗？

"不太清楚。"瑜美公主含糊地说。

爸爸冷笑："哼！半身烧伤，又从高空摔下，我看，它也只是苟延残喘，生不如死。"

瑜美公主心中也冷笑。爸爸自以为是，以为自己料事如神。

"那你为什么又要杀出手？"瑜美公主又问。

“我也没有办法。谁叫她发现我的秘密，知道我还活着。如果我不让她死，她说出来，我就死了。”爸爸无情地说。

“出手死了？”瑜美公主问，心跳得怦怦响。

“应该活不久。我在上面看，出手拖着一条血迹离去。她会失血过多而死。她流出的血也会引来鲨鱼，将她咬死。哈哈……”

瑜美公主听了快气死，爸爸还笑得出。

爸爸残酷不仁，草菅人命，让她心寒。

“宝贝，我要走了。谢谢你保管我这把枪。这把枪，是我的救命恩物。”爸爸一手疼惜地抚着腰间的电磁枪。

他来，就是为了这把枪。

“爸爸，如果风起哥哥发现你的秘密，你会不会开枪射死他？”

“会！”爸爸毫不犹豫地说，“这是我的底线，谁都不能够越界。”

瑜美公主噘嘴。

“你叫他最好规矩一点儿，没有人让他飞上山去，就不要飞上去。我这把枪，是不长眼睛的。”

瑜美公主央求：“爸爸，你可以不杀死他吗？”

爸爸杀气腾腾地说：“不可以。那天那个小子拿着菜刀要来找我报仇，我就想把他杀死。我为什么没有开枪？我不想让他死在山上。我担心引来警察调查。我不想招惹警察，才收手。"

瑜美公主含泪问："为什么你这么记仇？为什么你不能放过他？"

"为什么？是风起毁了我的不一样王国，毁了我的一切。他把我从天堂推入地狱。我要他加倍奉还！"爸爸说得咬牙切齿，"有一天，我一定会杀死他。所以，你不要跟他太好，免得以后太伤心。"

爸爸睚眦必报。瑜美公主收起泪水，为了确保风起哥哥的安全，她问："只要风起哥哥不飞上山去，没有发现你的秘密，你就不会杀死他，是不是？"

爸爸捋着胡子，说："不一定。"

瑜美公主低声叫道："爸！你出尔反尔！你不是说他不飞上山，你就不杀死他？"

"宝贝，冷静。"爸爸缓缓地说，"我的意思是，他飞上山，发现我的秘密，我马上杀死他。但是，我没有说，他不飞上山，没有发现我的秘密，我就不杀死他。"

"那不公平！"瑜美公主气得结结巴巴，"那……那么你说……他要怎么做，你……你才放过他。"

"宝贝，为了避免以后的争执，我把丑话说在前头。"爸爸冷冷地说，"不管他怎么做，做得多么好，我都不会放过他，一定会杀死他。"

瑜美公主错愕，张大嘴巴，愣住。

"宝贝，你放心，现在我暂且留着他的命，让他替我赚钱。在我杀死他之前，我劝你，渐渐疏远他，别对他放太多感情。"

瑜美公主绝望了。爸爸不会放过风起哥哥。

她想救风起哥哥。她必须先弄清楚，爸爸计划如何下手。在爸爸下手之前，她会通知风起哥哥防范。她问："你是说，他不飞上山去，你也会下山来杀他？"

爸爸撇一撇嘴，说："我不需要下山来，也可以杀死他。"

"你叫海阔哥哥杀死他？"瑜美公主试探。

爸爸想起什么，忍俊不禁："哈哈……我会让他死得很漂亮。"

瑜美公主不明白，问："死，怎么可能漂亮？"

爸爸得意地说："他的死亡，会像一朵花绽放开来！哈哈……"

瑜美公主的心刹那间被炸得粉碎。

爸爸似乎发觉自己透露太多了。他干咳一声，急匆匆地说："宝贝，我该走了。再见。"

爸爸推窗而去，瞬间消失。

窗户打开，寒风吹进来。

瑜美公主的心冷冻了，全身如结成了冰。

42. 风起的黑色秘密

星期四，本来是休息日，今天却不能休息。风起坐在草坡上，等待管石姐姐。管石姐姐要拿"高科技产品"来给他试试。

风起眺望大海，希望看见一只伸出来的手，却没有见到。

上个星期三，出手负伤逃走。风起非常担忧，不知道她的伤势如何。他多次在海面低飞，也没见到出手。出手不再回来，到底发生什么事了？

一个星期过去了，今天星期四，风起本来想约瑜美公主一起去大海找寻出手，管石姐姐却说今天要彩排新的节目，不能休息。明天开始，要呈现全新演出。

管石走过来，拎着一个双肩包。

她把双肩包挂在风起胸前。她说："双肩包里将有十颗彩云弹。今天只给你两颗。彩云弹很昂贵，我们不想浪费。在国外，通常只有在国庆日，飞机才抛出彩云弹。"

双肩包旁还有一个小口袋，里面装满心形糖果。管石说："你表演的节目可以自由发挥，在天空中以各种姿势飞翔，每分钟放一颗彩云弹，十分钟过后，你飞下来，飞过观众席，把糖果撒给观众。"

彩排前一刻，海阔走过来问风起："你会放彩云弹吗？"

风起说："我读了使用说明书。一、拉开安全栓；二、使劲抛出去；三、避免靠近它。看起来，好像抛催泪弹。"

海阔背着手说："不像。这个比催泪弹安全。即使你没有避开，被云雾喷到，也不会危险。彩云不会伤害你，只是你会破坏彩云的美观。"

"不会爆炸？"风起问。

"会爆不会炸。爆开来的只是云雾。你怕？"海阔睥睨他。

风起说："我才不怕！"

海阔嘿嘿笑，背着手离开。

彩排的时候，风起只需放两颗彩云弹。他盘算要用什么姿势放弹。

海阔在司仪台念出："……风中王子，有请。"

　　风起凌空直直飞起，飞到接近山顶高度，他张开双手，由上而下抛下彩云弹。

　　彩云弹很轻，慢慢降落，一秒钟后，滚出蓝色浓烟。烟雾浓得像棉花糖。棉花糖逐渐变大变白，而且呈现一个形状。在风起脚下，就像一只小绵羊。

　　风起为了看清楚，绕着棉花糖般的云朵飞。它确实是一只绵羊的模样，不但有头有尾和四条腿，还有耳朵、眼睛和嘴巴。

　　太美妙了！一朵像绵羊的云，飘浮在空中，渐渐膨胀，久久不散。

　　风起在空中转圆圈，欣赏那只空中绵羊。绵羊从一个拳头那么大，变得比一幢房子还大，越大越淡，形状越模糊。

　　海阔在司仪台上喊道："风起，时间到，行动！"

　　一分钟时间到了？

　　风起仍在转圈子，顺势抛出第二颗彩云弹。

　　彩云弹在他前面爆开来。这是一朵红色的玫瑰，下面还有绿色的萼片和花梗。这个彩云弹更厉害，玫瑰不只变大，还会渐渐绽放，一瓣一瓣翻开。

　　风起在上面看得目瞪口呆。

　　海阔报告："风起，够了，下来！今天没有观众，不必撒糖果。"

风起下来后，若有所失。

彩云弹虽然美丽，但这不是风起的演出。风起充其量也只不过是一个放弹的人。观众不是欣赏他表演，而是欣赏彩云。这就是海阔所谓的高科技吧。

接着轮到瑜美公主的节目进行彩排。

瑜美公主荡秋千，姿势非常优美，毕竟她是学过舞蹈的。往前荡时，尾巴向后摆。往后荡时，尾巴自然向前翘。

瑜美公主转圈子时，速度之快，让风起目瞪口呆。她的臂力怎么如此强劲？

她尾巴一摆，准确无误地拍打苹果气球，苹果气球飘向观众席。

海阔赞道："漂亮！"

瑜美公主表演完毕，把腰靠在悬杆上，像把自己挂起来休息。

风起飞过去，说："瑜美，辛苦了。"

瑜美公主张开眼睛，看见风起，说："跟我来。"

她跳入水中，游向"天涯海角"。

她伏在石头上，尾巴留在水里。

风起降落在同一块石头上，然后蹲下来，说："瑜美，你表演得真好。你转圈子转得那么快，太厉害了。"

瑜美公主摇头说："不是我转圈子，是我被转圈子。我无需出力，是悬杆转动了我。海阔哥哥说这是高科技。我不喜欢高科技，我觉得没意义。我不像是演员，我只是道具。"

风起叹道："我也是这么想，我只像是一个放烟火的人。"

"风起哥哥，你不要放彩云弹好不好？"瑜美公主提出无理的要求。

"节目是管石姐姐安排的，我不能够拒绝。"风起说。

"不是我姐姐要你放彩云弹的，是海阔哥哥的主意。这是一个坏主意，不安好心。"瑜美公主不悦。

"我明白，"风起不当一回事，"他不要我出风头，要彩云弹抢尽我的风头。我没关系，反正我也不喜欢出风头。"

瑜美公主激动地说："我不管，我要你推掉这项表演。"

她的反应如此剧烈，风起觉得奇怪。

风起说："其实，放彩云弹也没有什么不好。彩云弹很好看，观众应该会很喜欢。"

瑜美公主刁蛮地说："我不喜欢。我害怕。"

有什么好害怕的？绵羊很可爱，玫瑰也很漂亮。

"你害怕什么？"

瑜美公主吼道："我害怕你会被炸死！"

风起不禁笑出来："不会啦！海阔跟我说很安全。"

"你听他的鬼话！"瑜美公主含泪说，"是陷阱你都不知道。"

"不会吧？"

风起心中起疑，难道瑜美公主知道什么秘密？

"不会？"瑜美公主忽然问，"你知道出手是怎么死的吗？"

"出手死了吗？"风起反问。

"这么久没出现，很可能死了。"她又问，"你知道她是怎么死的？"

"不是鲨鱼咬的吗？"风起问。

瑜美公主悻然说："你什么都不知道！又不肯听我的话！"

说完，她钻入水里，不知所踪。

风起坐起来，在石头上发呆。他觉得莫名其妙，心中充满疑团。

瑜美公主一定发觉一些秘密，又不方便直接告诉他，只会干着急、发脾气。

瑜美公主不方便说的事，是她爸爸的事。她爸爸没有死，她知道，却不敢告诉风起。风起也知道，却装作不知道。

她爸爸的事跟出手的事有关？

出手的死跟鲨鱼无关？

是不是井本医生叫海阔杀死出手？

出手死了吗？

瑜美公主认为出手死了，不再去找出手了。

风起不相信，出手明明是拖着浪花逃走的，她离开的时候动作生猛，不可能这样就死了。

他不能接受出手死了这回事。他要去把出手找回来，向大家证明出手还没有死。出手是一个大好人，好人应该有好报，不会死的。

风起站起来，展开翅膀要飞去寻找出手。

后面传来窸窣声，风起回头望去。

有点花从岬角的树林跳过来，说："风起王子，我耳朵好，然后，你和瑜美公主说的话，我都听得见。"

听见就听见，反正也没有什么秘密。

有点花说："瑜美公主说，你什么都不知道。然后，你真的什么都不知道。"

"我不知道什么？"风起收起翅膀。

"有很多事情你不知道。"有点花说。

"我不知道？"风起觉得纳闷，"你知道？"

"我什么都知道，然后，蛋猫哥哥说，不可以讲，然后，讲了我会死。"有点花煞有介事地说。

蛋猫也知道？蛋猫和有点花知道什么？

有点花抓耳挠腮，说："不讲心里又难受。然后，我真羡慕你，什么都不知道。然后，蛋猫说，那是秘密，不知道，好过知道。"

它们知道什么秘密？

风起瞪着有点花说："你说，你知道什么秘密？"

有点花捂嘴说："我不可以说，然后，我说了会死。"

风起哄着它说："你跟我一个人说，小声说。我不会告诉别人的，你放心。"

有点花避开，说："不可以。然后，蛋猫说，谁都不可以说。"

"你不说我就不睬你了。"风起抱起手臂，别过头去。

有点花跳过来，紧紧挨住风起，就是不肯开口说话。

风起哼一声，跳去另一个石头，离开有点花。

有点花不说就是不说，瞪风起一眼，黯然离去。

好家伙！守口如瓶！

有点花守得住秘密，让风起放心。

那个秘密，蛋猫叫它不可以说出来，说出来就会死。

那个秘密，很可能是井本医生未死的秘密。

有点花守得住秘密，可以避免被杀害。

如果真是这样，井本医生没死的秘密，蛋猫知道，有点花知道，海阔知道，瑜美公主知道，风起也知道。

这个秘密，人人都知道，就是不能说出来。

这是一个黑色秘密，说出来会招惹杀身之祸。

如果风起说出秘密，就会被彩云弹炸死？

出手是不是知道秘密，才惹来杀身之祸？

出手知道有人要杀她，所以不敢回来?

出手没有死，只是不敢回来?

风起要去找出手问个明白。

他展翅腾空，飞向大海。

但愿大海给他答案。

43. 风起门口接妈妈

　　星期五，不一样游乐园全新节目预演，前来观赏的都是受邀嘉宾。妈妈和豆白也答应来了。

　　风起、管石和海阔都到大门口迎接嘉宾。

　　风起只管接待他家人，其他嘉宾不关他的事。

　　手机响起，是豆白来电。

　　"我们快到了。我们租一艘紫红色的快艇，你看见了吗?"

　　紫红色快艇远远驶来。

　　风起奔向趸船。

　　果然，妈妈就站在快艇的甲板上。

　　风起雀跃地挥手，大喊："欢迎，欢迎!"

快艇泊在趸船边，风起伸手牵妈妈下船。

"妈妈，小心。"

豆白从船舱里出来，走到船头，伸出手来，说："风起，我也要，拉我上去。"

她们都上了趸船后，风起说："走，跟我来。"

妈妈扯住风起："等一等，还有人没下船呢。"

"任教授？任教授也来了？"风起望向船舱。

船舱钻出一个马头。

"白马？"风起大喜，问，"白马能走路了？"

妈妈对白马说："跳上来，给风起看看。"

白马反应灵活，只听马蹄嘚嘚响，它就从船舱来到风起身边。

风起观察白马，有白色翅膀，有四条腿，好像不曾受过伤。

白马抬头，心情喜悦，后面两条腿踢踢踏踏，就像以前一样。

"怎么可能？"风起难以置信。

豆白说："你摸一摸就知道了。"

风起抚摸白马的两条后腿，的确不一样。一边有温度有弹性，另一边摸起来滑溜溜不像皮肤。

风起感叹："这条义肢做得太像真的。"

妈妈笑着说："左腿是照着右腿的反式做的，用3D打

231

印出来的。"

风起问："为什么又能那么自然地活动？"

妈妈解释："因为白马还有三条腿，义腿的活动参照其他三条腿来协调。义腿里有微晶片，可以收集其他三条腿的活动资料。简单地说，它是一条智慧型义腿。"

风起跟着白马走，边走边欣赏它几可乱真的义腿，啧啧称奇。

他们走过海阔身边，风起说："海阔，你看白马又有四条腿了。"

海阔盯着白马，眼睛充满仇恨。

白马两年前攻击海阔，海阔至今还耿耿于怀？

太小气了。

他们走过草地时，风起问白马："你还能飞吗？"

白马后腿一蹬，凌空飞起。

它飞得比以前更轻巧，很快达到半山高。

白马没敢飞上山去，在空中画一个圈，又飞回来。

妈妈说："白马装义肢，让它轻了大约二十公斤，飞得更轻松。它刚痊愈，身体状况不是很好。等到恢复体力后，应该可以飞得更高。"

白马落地后，踢踢踏踏走过来。

风起拍拍它的脖子，说："好。白马，你飞得比以前更好了。"

白马大力摇尾巴。

风起建议："等你完全恢复体力，也可以来这里跟我们一起表演。"

"不可以。"豆白一口否定。

"为什么?"风起问。

豆白说："白马有喜了，不能操劳。"

"有喜?"风起怀疑自己听错。

妈妈说："我在替白马做扫描时，发现白马怀孕了。"

怀孕?

风起问白马："你有男朋友了?"

白马点头，扭着屁股，边走边跳舞。

"恭喜你，白马。"风起衷心祝福。

豆白说："我觉得，应该把白马送回蓬卡的马厩，那里有它的妈妈，还有它的男朋友。它在那里比较幸福。"

风起惋惜地说："可是，我们已经付了五十万买白马。不知道是不是还可以把钱要回来。"

"钱能不能要回来不重要，重要的是，白马在那边比较安全。"妈妈说着，眼睛往山上瞟去。

妈妈又要提起井本医生了。

风起不想扫兴，一个人大步流星走在前头，走向观众席，然后回头问妈妈："你和豆白坐在第一排好不好?"

豆白问："白马呢?"

风起笑着说："它想站在哪里都行。"

妈妈抛下一句："你给我规规矩矩，不要乱飞。"

这句是跟白马说的，也像是对风起说的。

风起不喜欢妈妈这样一语双关。

44. 风起没感到荣耀

　　妈妈和豆白坐在观众席第一排的角落，白马就站在她们旁边。

　　管石陪着余妈妈迎面走来，问风起："你要去哪里?"

　　"去准备演出。"风起说。

　　管石说："今天是预演，不是正式演出，你可以留在观众席陪妈妈，轮到瑜美的节目时，你再去准备。"

　　"太好了！我从来没有坐在观众席看演出。谢谢管石姐姐。"

　　他们调整座位，余妈妈坐在妈妈旁边，风起则坐在豆白旁边。

　　新人"小花豹"第一个出场。

海阔主持节目，请一个嘉宾出来考一考有点花。

嘉宾提出简单的数学题，有点花全都答对了。

主持人问嘉宾对"小花豹"的印象。

嘉宾回答："小花豹非常聪明。我问它25加26等于多少，它说然后51。我问它8乘以9是多少，它说然后72。如果它少说点'然后'，就会更好。"

豆白问风起："谁教它数学?"

风起说："米娜吧。"

主持人说"小花豹"文武双全，它还会打篮球。

他邀请嘉宾出来，和"小花豹"比赛打"三人篮球"。十分钟内，谁灌篮最多，谁就赢。要是谁赢了小花豹，可以得到一万元奖金。

没有人敢上台。

主持人说："你们别害怕，小花豹没有尖锐的牙齿，不会咬你们。"

"小花豹"张开嘴巴，露出它人类的牙齿。

两个嘉宾出来挑战。

豆白问："小花豹怎样握住篮球。"

风起回答："它有人类的手指。"

有点花篮球打得不错，拍球和运球还没什么，灌篮的时候，它跳上篮圈，百发百中。出来比赛的嘉宾各得一分，有点花独揽五分。

风起看得出，有点花故意礼让，不然那两个嘉宾没有机会灌篮。

有点花之后，是蛋猫的演唱。

蛋猫表演用低音提琴自弹自唱，唱了两首老歌。

妈妈听了感动地鼓掌，说："唱得太好了！"

接着就是瑜美公主的节目，风起得离开观众席，去后台准备。

海阔报告"风中王子"时，风起挂着双肩包出来给观众鞠躬，然后伸直手臂，展开翅膀，飞了起来。其实，他要起飞，并不需要伸直手臂的，但管石说，先伸出手臂，看起来比较优雅。

风起放了十个彩云弹，在空中爆出浅蓝色绵羊、红色草莓、金色鲤鱼、黄色向日葵、褐色小提琴、紫色八爪鱼、粉红色玫瑰、黑黄相间的小丑鱼、黑色斑纹的老虎和深红色的心形。

如雷的掌声并没有让风起感觉荣耀。

风起把糖果撒给观众，特地抓一把撒给妈妈和豆白。

派完糖果，他还不能回观众席。紧接着就是一个由所有演员联合演出的默剧。

海阔演国王。米娜演宫女。小芋头演王子。

海阔指示米娜带小芋头出去玩。米娜把小芋头放在一个篮子里，提着篮子走到花园。

她在花园遇见蛋猫这只大老虎。

蛋猫张开嘴巴，米娜吓晕了。

蛋猫衔着篮子来到水边，让篮子漂泊在海面上。

瑜美公主从海面蹿出来，把篮子推出大海。

风起在这个时候飞向大海，从海面提起篮子，转身飞向草坡。他降落草地，把小芋头从篮子里抱出来。

小芋头在草地上走动，有点花出现了。

有点花驮着小芋头，衔着篮子，奔向舞台。

它把篮子放在米娜面前，再抱起小芋头放进篮子里，然后悄悄离去。

米娜悠悠醒来，看见篮子。

篮子里面，小芋头安然无恙。

米娜开开心心地带着小芋头回到海阔那里。

表演就在这里结束，风起回到妈妈身边。

妈妈问："怎么没有看见出手？"

风起说："出手被鲨鱼咬伤了。"

余妈妈说："我看事有蹊跷，不只被咬伤那么简单。"

妈妈好奇地问："到底发生了什么事？"

余妈妈看看左右前后，有其他人在场，悄悄说："我等一下再告诉你。我觉得事情太巧了，应该不是巧合。"

风起觉得奇怪，到底余妈妈知道什么秘密？

难道在不一样游乐园里，人人都知道那个黑色秘密？

45. 瑜美想做普通人

表演过后，瑜美公主乘电梯回房，梳洗一番，才去别墅。

别墅里有一个小茶会，招待靖雯阿姨和豆白姐姐。

瑜美公主从水上房子出来，在小路上看见白马。

白马的臀部对着她，把头伸进别墅的窗户，听里面的人说话。

白马还有四条腿，好神奇。

风起在客厅里望见瑜美公主，起身出门，迎面走来。

瑜美公主低下头，感到十分尴尬。

风起笑吟吟地说："瑜美，你看白马。"

瑜美公主松了口气。昨天她对风起哥哥乱发脾气，风起哥哥并没有记在心上。

"风起哥哥，白马怎么会有四条腿？"

风起没有回答她，只呼唤白马："白马，过来。"

白马嘚嘚响起马蹄，小跑过来。

风起揽着白马的脖子，对白马说："给瑜美公主看你的腿。"

白马转动身体，把一边后腿摆在瑜美公主眼前。

风起说："瑜美，你摸一摸，这条腿有什么不一样。"

瑜美公主伸手一摸，摸到滑溜的外表，没有皮肤的触感。

"假的？"

"是义腿。"风起兴致勃勃地说，"好像真的腿一样，一样灵活，可以跑，可以跳，可以蹬。我妈妈说，它是模仿另一条腿做的，做得几乎一模一样。"

瑜美公主惊叹："啊！要是可以做一双腿给我就好了。"

"你要一双马腿?"风起笑着说。

"不。我要像你一样的腿。叫你妈妈做一双给我。"瑜美公主半开玩笑地说。

"你应该找一双女性的腿，不是我的。"

瑜美公主刁蛮地说："我偏偏要你的腿。你的腿瘦长、白皙，像女性的腿。做一双像你这样的腿给我。"

风起不把瑜美公主的话当真。

"别说笑了，我们进去吧。"

"我不是说笑，"瑜美公主恼怒地说，"这是我的梦想。我的梦想就是做一个普通的女孩子，有一双修长的美腿。"

风起讨好地说："女人的腿太普通了，一个大尾巴才特别。"

瑜美公主不要特别，她只想做一个普通的女孩子。她说了，风起哥哥还听不懂吗？她不想再说了，多说也没用。风起哥哥像牛皮灯笼，点了也不明。

她叹一口气，跟着风起哥哥进入别墅内。

别墅内，餐桌旁，除了靖雯阿姨和豆白姐姐，还有妈妈、姐姐、米娜、有点花和蛋猫。白马又站在窗口外，把头伸进来。

妈妈正在和靖雯阿姨说话，轻声细语，说什么听不清楚，只听见最后一句："你说，这是不是太巧了？就在第二天，她就发生意外。"

靖雯阿姨神情严肃地问："你说，不是单纯的意外？"

妈妈瞥见瑜美公主进来，说："我也不知道。我胡乱猜测而已。"

靖雯阿姨盯着风起说："我认为，你应该跟我回去。"

"为什么？"风起问。

"在这里不安全。"靖雯阿姨说。

风起问："就因为出手的事？"

靖雯阿姨说："余大姐都说了，出手的事，不是单纯的意外。"

余妈妈赶快说："我只是觉得太巧合了。"

姐姐插嘴说："妈，你想太多了，出手的事，纯粹是意外。"

靖雯阿姨硬气地说："我怕把风起留在这里，他也会发生意外。"

"怎么可能？"姐姐说，"出手是被鲨鱼咬伤。鲨鱼在大海里，我妹妹才面对危险。风起在天上飞，安全得很呢。"

靖雯阿姨问姐姐："你知道出手出事前一晚说过什么吗？"

姐姐错愕，摇头说："不知道。"

靖雯阿姨说："你自己问你妈妈。"

余妈妈赶快澄清："我只是个人意见，不能作准。"

姐姐骂道："妈，你就不好不乱散播谣言。"

靖雯阿姨说："我不认为是谣言，余大姐的推断是有凭有据的，我百分之百相信。我还是觉得不安全，风起，你今天就跟我回去。"

风起回头瞅着瑜美公主，踌躇不决，盼望瑜美公主的意见。

瑜美公主不知说什么好，她看得出风起哥哥的眼睛充满不舍，这就足够了。

蛋猫插嘴："风起王子，你跟妈妈回去吧。我陪你回去。"

"这怎么行？"姐姐跺脚说，"明天的票都卖完了，全场爆满。风起说走就走，蛋猫又跟着走，我们的演出怎么办？"

靖雯阿姨对姐姐不客气地说："我才不管你们的演出，我要回我的儿子。我的儿子没有义务在这里表演。"

"妈！你不能这样！我不能走！我现在拍拍屁股就走，一点责任心都没有，对得起我的朋友吗？"风起嚷道。

靖雯阿姨问风起："你能保证自己的安全吗？"

蛋猫抬头，大义凛然地说："靖雯阿姨，我保证风起王子的安全。我是他的保镖，谁要是攻击他，我就把谁咬死。如果他死了，我也不要活了。"

靖雯阿姨被蛋猫的话感动了，摸摸它的头，说："谢谢你。"

海阔在这个时候踏进来，看见大家表情怪异，问道："发生了什么事？"

姐姐说："出手发生意外，靖雯阿姨担心风起的安全。"

海阔转头问瑜美公主："出手是怎么出事的？"

瑜美公主只能说："被鲨鱼咬伤的。"

海阔对靖雯阿姨说："阿姨，出手的事，纯属意外。"

靖雯阿姨问海阔："你能担保风起的安全？"

海阔拍胸脯保证说："阿姨，你放心。风起的安全包在我身上，他不会有事的。"

靖雯阿姨说："这是你说的。要是他少了一根毛，我找你算账。豆白，我们走。"

靖雯阿姨头也不回走出去。

豆白紧随着靖雯阿姨离开。

风起扭头，对瑜美公主一笑。

风起是为了瑜美公主留下来的？

瑜美公主不敢把风起哥哥留下来，她不敢担保他的安全。

她知道他不安全。留在这里，爸爸总有一天一定会杀死他。

瑜美公主该怎么办？

46. 瑜美心里有主张

　　瑜美公主昨晚做了几次噩梦，梦见风起哥哥被电磁枪在胸口射穿一个洞，他背后的翅膀燃烧起巨大的火焰，她在火焰中吓醒过来。

　　她不能逃避这个问题。把风起哥哥留下来，等于害死他。她从爸爸的目光中看出那股仇恨，爸爸不会放过他。

　　她不知道该跟风起哥哥怎么说。万一说得不好，风起哥哥会不会又拿一把菜刀去找爸爸算账？

　　不一样游乐园已经开始演出新节目，瑜美公主无须再排练。每天傍晚，她又可以和风起哥哥见面。

　　今天傍晚，她依旧在"天涯海角"等待风起哥哥。风起哥哥说，在"天涯海角"说话并不安全，有点花听得见。瑜美公主心里自有主张，知道什么时候该说什么话。

风起飞过来，瑜美公主就说："风起哥哥，今天你驮着我飞一阵好吗？"

风起没有立刻答应，拧着眉头，考虑着。

这就令瑜美公主不高兴了。

她逼问："不可以吗？以前可以，现在就不可以？"

风起赶快解释："我担心自己没有这个能耐，以前你还小，现在你长……长得亭亭玉立，我不知道我驮着你能够飞多久。"

"没关系，"瑜美公主并不介意飞多久，"你尽力就好了。如果你觉得太累了，随时把我抛入大海。我在海里，如鱼得水，不会死的。来，快。"

风起先把瑜美公主拽上石头。

瑜美公主用手支撑身体，大尾巴拖在温热的石头上，觉得不舒服。

风起背向她，蹲下来，张开翅膀，露出背部。

"好了，瑜美，上来吧。"

瑜美公主握着风起的腰部，把身体撑起来，靠在他背部，再伸手搭着他的肩膀，挪动身体，慢慢滑上去，终于能用双手从后面抱住风起的脖子。

她把嘴巴凑到风起耳边，说："我好了，飞吧。"

风起扑棱扑棱拍动翅膀，把瑜美公主带上天空。

瑜美公主不禁兴奋地呼喊："哇！"

风起问她："要飞去哪里？"

"随便，只要在海面上，你随时可以丢下我。我只是想跟你说几句话。"瑜美公主道出目的。

"你要说什么？"风起问。

"你能不能答应我，回你老家去，不要待在不一样游乐园？"

风起沉默了一会儿，问道："为什么？"

"为了你的安全。"瑜美公主实说。

"我在不一样游乐园不安全吗？"风起问。

"你妈妈说得对，不安全，而且很危险。风起哥哥，我很担心你，虽然我舍不得你离开，但是，为了你的未来，你必须离开这里。"瑜美公主坦诚地说，双手禁不住把风起抱得更紧。

"瑜美，你的手臂放松一点儿，要把我勒死了。"风起连说话都困难。

"对不起。"瑜美公主松了手，继续说，"我只能告诉你，有人要害死你。如果你继续留在这里，有一天你飞上天空，彩云弹会变成炸弹，把你炸死。风起哥哥，我不是吓唬你。我说的是真的。"

瑜美公主的手掌放在风起胸口，感觉到了风起沉重的呼吸。

风起说："我明白了。可是，我怎么能够就这样离开？"

"风起哥哥，你可以找一个理由离开。"瑜美公主心里有谱，"比如说，你假装摔伤了，或者烧伤了，然后回去找你妈妈治疗，就不再回这里。你不回来，我也可以去你家看你呀！"

风起说："你要我真烧伤，我也可以。要我真跌伤，我也可以。但是，我还是很难就这样离开不一样游乐园。"

"为什么？"

瑜美公主很想说"你不要舍不得我"，却没有说出来。

风起竟说："我知道，那个要害死我的人是谁。他不只要害死我，他也要害死蛋猫、有点花和白马。我不能丢下蛋猫和有点花不管，一个人自私自利地离开。"

风起就是这样，总是为了别人。他一定以为那个人是海阔，海阔和蛋猫、有点花、白马都有过节。他想得太简单了。

"你知道是谁？你以为是海阔哥哥吗？"

"不是海阔，"风起顿一顿，才说，"海阔也是被人指使的。"

瑜美公主霎时感觉五脏六腑收缩，一股闷气憋在胸口。风起哥哥都知道了，她太低估他了。她还以为他是一个单纯的人，想不到他城府很深，让人摸不透。

"你都知道了？"

"我都知道了。"

"为什么你不说?"

"我怕伤害你,我怕我说了你也不相信。我不想因为他的事而伤害我们的感情。"风起解释。

瑜美公主听了,心里才舒坦。

"那你打算怎样?你不打算离开吗?"

瑜美公主还是担心他的安危。

"我正在想办法,怎样带着蛋猫和有点花一起离开。"

瑜美公主想,问题越搞越复杂。风起哥哥一个人离开,不一样游乐园还可以维持下去。要是他把蛋猫和有点花带走,不一样游乐园就得关闭了。那么,妈妈和姐姐怎么办?

风起往下低飞,气喘吁吁地说:"瑜美,对不起,我支撑不了了。"

"没关系,再见。"

瑜美公主双手放开,一个后翻身,扎入海水中。

47. 瑜美骂蓬卡混蛋

今天演出结束后，就刮起大风，大雨跟着倾盆而下。观众骂骂咧咧，匆匆离场。

这个时候下大雨，瑜美公主也一肚子气。她和风起哥哥的傍晚约会只能取消。

瑜美公主回了房间，在浴室里淋浴。她天天泡在海水里，老是觉得自己很脏，一天得淋浴多次。

下雨的日子，她只能盼望风起哥哥过来看她。不过，风起哥哥也只能坐在饭厅那里，姐姐和妈妈都在场，说话就有所顾虑，不能要喊就喊，要哭就哭。

算了，反正要跟风起哥哥说的话，昨天都说了。

风起哥哥已经知道真相，瑜美公主感到坦然。可是，她仍然担心着风起哥哥的安危。风起哥哥说他在想办法，他能想出什么办法？

瑜美公主在浴室里，没听清姐姐跟妈妈说了什么，妈妈就叫起来："什么？警察来了？"

警察来了？

谁叫警察来的？

瑜美公主马上想到风起哥哥。

这就是风起哥哥想出来的办法？

爸爸是通缉犯，如果风起哥哥报警，让警察把爸爸捉走，风起哥哥就可以除去威胁，还可以保住不一样游乐园。一石二鸟，这就是他想出来的好办法？

他就那么狠心？

瑜美公主怒火中烧。他怎么没有顾虑她的感受？

他要捉的是她爸爸呀？

他不是说过不要报仇了吗？

她不能接受这个事实。她要出去看看。她要设法救爸爸。

瑜美公主从房间里出来。

妈妈、姐姐和三个男人站在走廊上。

其中一个男人竟是蓬卡！

蓬卡怎么来了？

另外两个男人体形壮硕，是警察身材，却没有穿制服。

蓬卡扭头看见她，走过来客气地跟瑜美打招呼："瑜美公主，你好！"

瑜美公主得弄清楚情况，再想办法救爸爸。

"蓬卡，你来做什么？"

蓬卡指着其中一个男人，说："我带阿莫来。阿莫是国际刑警，另一个是他的助手。我们还有一队人马，他们去追捕海阔了。"

阿莫和助手正走向饭厅，妈妈和姐姐招呼他们坐下。

瑜美公主松了一口气。

原来他们是来捉海阔的，不是来捉爸爸的。

她错怪风起哥哥了。

"海阔哥哥犯了什么错？"

"他伪造文书。你们这块地，不是海阔租来的。那个租约是伪造的。地主的签名不是真正的地主。所以，警察要来跟海阔录取口供。可是，海阔不合作，逃走了，逃到后面山林去了。"

海阔若要逃走，应该下水呀！他潜入海水里，可以轻易逃脱。为什么他跑去后面山林？一定是他想从后面绕上山去，通知爸爸。难道爸爸跟这件事有关？

瑜美公主装作淡定地问："伪造文书那么严重吗？需要国际刑警来调查？"

蓬卡露出笑容，说："瑜美公主，你真聪明。伪造文书，不需要拉大队人马来捉人。警察发现，地主失踪了。

这个案件，被列为谋杀案。海阔是最后一个和地主有交易的人，警方才要他协助调查。"

瑜美公主问："警方怀疑海阔哥哥是杀人凶手？"

蓬卡又是一笑，说："不。你好厉害，我瞒不过你。警方怀疑凶手另有其人，但是海阔可以提供线索，协助调查凶手是谁。"

糟了！万一海阔哥哥供出爸爸是凶手，该怎么办？

她试探地问："后面山林范围那么大，警察哪里可能捉到海阔哥哥？"

蓬卡有信心地说："一定会捉到。我们遇见小花豹，它愿意帮忙。它说它能嗅到海阔的味道，不管海阔躲在哪里，它一定找得到。不过，现在下着大雨，要进山林里找人，并不容易。"

有点花竟做叛徒，协助警察捉自己人。

"风起哥哥呢？你们看见他了吗？"

瑜美公主担心风起哥哥也做叛徒，去捉爸爸。

"风起吗？他正在别墅里接受警察的盘问。"

"盘问风起哥哥？"瑜美公主一怔，问道，"他犯了什么错？"

"他没有犯什么错。我们知道他曾飞上山去，警察想调查山上那个假地主的情况。"

瑜美公主震惊。那个假地主正是她爸爸。警察要调查她爸爸。她战战兢兢地问："你们……怀疑……假地主就是杀人凶手?"

"我们不只怀疑假地主杀死真地主，他还涉及另一起谋杀案。"蓬卡收起笑容，瞅着瑜美公主。

瑜美公主打了一个寒噤，问："蓬卡，你上一次来，就是为了打听他的消息?"

"没错。"蓬卡的眼神变得陌生，冷酷地说，"你是一个纯洁的女孩，我真不忍心告诉你残酷的事实。我爸爸是被人谋杀的，监控器拍下凶手的镜头。凶手本来是我爸爸的朋友，两人一言不合，打了起来……"

蓬卡捂着鼻子，流下眼泪。他别过脸去。

瑜美公主恍然大悟，知道自己中了蓬卡的计。

她想去通知爸爸，让爸爸逃走。但是她没有办法联络爸爸。

只有一个人能够去通知爸爸。

她推开蓬卡，移动轮椅，要去别墅里找风起哥哥。

经过饭厅，妈妈喊道："瑜美，你做什么?"

她冲向小路，轮椅跑得太快差点儿翻倒。

姐姐也喊："外面下大雨，你要去哪里?"

她觉得好笑，她从水里来，哪里怕雨水?

她在雨中大喊："风起哥哥!"

风起从别墅里走出来，站在门口。一个警察紧跟出来，攥着风起的手臂，怕风起逃走。

"风起哥哥，救我爸爸!"

风起无奈地说:"我在接受盘问，还不能离开。"

蓬卡在后面喊:"瑜美公主，你不能阻碍警察办公!"

瑜美公主回头骂他:"我才不管你，你这个骗子!"

蓬卡对阿莫和他的助手说了几句英语。

两个男人冒雨走过来，来到瑜美公主的左右，架起瑜美公主的轮椅。

瑜美公主用手拍打他们，喊道:"你们别碰，你们要干什么?"

他们似乎听不懂，扛着瑜美公主走回走廊。

蓬卡指着瑜美公主的房间，用英语跟他们说话。

他们把瑜美公主连同轮椅推进房间，然后把门带上，把她一个人关在房间里面。

蓬卡在门外说:"对不起，瑜美公主，委屈你了!"

瑜美公主在房间里面骂道:"蓬卡，你是一个混蛋!"

48. 风起要公正平等

表演结束后，风起正从后台走上台阶。

大雨倾盆而下，一群观众企图攀上围墙，越入禁区。

管石走过去，跟他们交涉，最后，还是开门放他们进来。

风起看见这一幕，感到好奇。

蛋猫走过来，向风起报告："我听见他们说话。他们对管石姐姐说，他们是便衣警察。"

风起听见是警察，心就慌了，脑袋嗡嗡响。

蛋猫说："别怕，他们好像不是来找你的。"

"我知道，"风起气恼地说，"我知道，一定是我妈妈去报警。我妈妈叫我回去，我不回去，她就去报警来捉人。

她不知道，她这么做，非但捉不到人，反而会打草惊蛇!"

蛋猫盯着风起，问道："你说，你妈妈要捉的人是谁?"

风起发现自己说漏了嘴，不知怎么回答："是……是……"

"是山上那个人?"蛋猫问。

"对。山上那个人，他开枪射伤了白马。"风起找到一个适当的理由。

蛋猫用怀疑的眼光看风起，问："不只是这件事吧?"

风起挠着后脑，问："那你说，还有什么事?"

"你不知道?"蛋猫反问。

风起推测蛋猫知道井本医生的秘密，问它："你先说，你知道什么?"

蛋猫聪明地回答："我知道山上那个人是一个大坏蛋。如果他在山上，我们都很危险。"

蛋猫不说出他是谁，但说到了重点。

风起表示同意："没错。"

"如果警察能够把他捉走，不是很好吗?"蛋猫说。

"很好。"风起点头。

"那你担心什么?"蛋猫问。

"我担心警察打草惊蛇。捉不到他，反而让他逃脱。接下来，他就会对我们下手。"

风起并没有完全说出心里的话。他还担心瑜美公主会怪他。

蛋猫说："如果捉不到他，我们就去你家。这样，他就不能对我们下手了。"

蛋猫说得有理。这事虽然来得仓促，也不失为是一个好时机。

他们向人群走去，管石前来问风起："你看见海阔了吗？怎么一转眼，他就不见了？"

有点花跳出来说："我知道，他听见警察来了，然后，他逃到后面山林去了。"

"哪里？"一个警察问。

有点花自告奋勇说："我带你们去，然后，我能够嗅出他的味道，然后，不管他躲在哪一个洞，我都能够把他挖出来。"

七八个警察就这么跟着有点花跑向后面山林。

留下来的只有三个人，其中一个相貌熟悉。

风起认出来了，他是蓬卡。

太好了！警察是蓬卡带来的，跟妈妈无关。接下来发生的事，瑜美公主就不会怪他了。

蓬卡走向风起，拍拍他的肩膀，说："风起王子，警察会向你问话，希望你会配合，把真实的情形说出来。只要说的是真话，你就不会有问题。你也可以不说话。但你不能说假话，说假话是有罪的。"

风起问："为什么你带警察来?"

蓬卡说："为了公正与平等。做错事的人，就应该受到制裁。"

风起想起白马，想起出手。如果凶手不受到法律的制裁，社会就不公正，人民就不平等。

他愿意配合，不是为了蓬卡，而是为了公正，为了平等。

他坐在别墅沙发上，接受警察的盘问。

警察问他的话，他都小心翼翼地回答。

警察问他："住在山上的那个人是谁?"

风起沉默一会儿，整理思绪，才说："我没有见过那个人，只在晚上望见他的影子。海阔说他是地主。白马见过那个人。白马说……不，白马不会说话。我妈妈问过白马，那个人是不是井本，白马点头……"

他说的话，都被录音了。

录音至一半，瑜美公主在大雨中喊他，他出来看。

瑜美公主喊："风起哥哥，救我爸爸!"

他说他正在接受盘问。

瑜美公主被警察架走，关进她自己的房间。

风起知道瑜美公主不会有危险，继续接受问话。

那个警察说："其实，也差不多了。谢谢你的配合。我希望能捉到海阔。海阔应该可以提供更多线索。"

不一会儿，就听见阿莫喊："看，直升机来了。"

风起和警察站在门口，看见朦胧大雨中，有一架直升机的影子。直升机飞向山顶。

阿莫接听手机，听到消息，高兴地喊道："海阔被捕了。"

他对着手机说："你叫两个人带海阔回来。然后，你带其他人跟着小花豹上山去。……你们从后面包抄，预防井本下山逃走。……不会，他没有其他路可逃，其他山壁太陡。……小心，他有一把电磁枪。"

阿莫冒着大雨，走到草坡上。站在那里，看得见山顶，也看得见山林。

阿莫的助手也跟着走去，站在阿莫旁边，跟阿莫一起淋雨，把全身都淋湿了。

蓬卡跟余妈妈借了雨伞，也走过去。

风起问警察："我可以过去看吗？"

警察说："如果你不怕雨，我们一起走过去。"

他们五个人聚集在草坡上。

蓬卡撑着雨伞移到风起旁边，帮风起遮雨。

风起也没有拒绝。蓬卡跟他一样，痛恨为非作歹的人。

雨水哗啦哗啦下，蛋猫湿淋淋跑过来。

阿莫闪开。他的助手拔枪对着蛋猫，怕受到这只大老虎的攻击。另一个警察跑到了老远的地方。

蛋猫没有理他们，只管对风起说："瑜美公主在海湾里喊你。"

风起望向海湾，果然在蒙蒙雨幕中见到瑜美公主。

瑜美公主挥着双手，嘴巴又开又合，却听不见她在喊什么。

风起问警察："我可以过去看瑜美吗？"

警察看着阿莫。阿莫摇头。

蓬卡用英语跟阿莫沟通，说了几句，阿莫终于点头。

蓬卡转头对风起说："你去吧，但是，你不可以飞上山顶。"

风起在风雨中飞翔，飞向瑜美公主。

"风起哥哥，你跟我来。"瑜美公主往崖壁那边游去。

风起跟随在瑜美公主后面。他的翅膀渐渐濡湿，他感到寒冷，也觉得翅膀变得沉重，挥动比较吃力。

瑜美公主指着崖壁，喊道："风起哥哥，救救我爸爸。"

风起看见井本医生抓住灌木，挂在高高的崖壁上。

井本医生脚底下的山石崩塌了，像被大刀削去一大块。崖壁底下，石头夹杂着树枝，堆积如小丘。井本医生不敢跳下去。跳下去的话，身体可能会被砸碎，或者被树枝插穿。

风起说："我没有办法救他。"

瑜美公主哭喊："风起哥哥，我求求你，把我爸爸带

261

走，带到一个安全的地方。"

风起站在崖边一个石头上，仰头看井本医生。

两年了，他又一次见到井本医生。

井本医生的头秃了，胡子长了，瘦了，全身发抖，不知是害怕，还是寒冷。

如果现在协助这个杀人犯逃走，社会还公正吗？人民还平等吗？

他踌躇不前。他绝不愿意助纣为虐。

49. 风起井本面对面

风起本想铁起心肠离开，叫警察来捉井本医生。但瑜美公主一声一声地哀号，叫风起的心肠一寸一寸地软下来。

她伏在石头上哭成一摊泥，苦苦央求："风起哥哥，我求求你，把我爸爸带到一个安全的地方。"

风起抬头再看井本医生。

在高高的崖壁上，井本医生像一头恶犬，露出凶狠的目光。

一头恶犬，最安全的地方，就是把它关起来。

好吧。风起决定把井本医生送进牢笼。

风起冒雨飞向井本医生，一手把井本医生提起来。

井本医生骨瘦如柴，比他想象中的还轻。

井本医生的左手勾着风起的脖子，右手按在风起腹部。

风起感觉腹部有坚硬的东西顶住，那不只是井本医生的手指。

那是井本医生的电磁枪！风起被挟持了。

风起装糊涂，依然飞向不一样游乐园，准备把井本医生交给警察。

井本医生似乎看穿风起心里的算盘，冷冷地说："转回头。"

风起只好转回头，飞向大海。

他知道，山顶有警察。他猛拍翅膀，提升高度，飞近山顶。

井本医生命令："低飞，靠近崖壁飞。"

他只好抱着井本医生靠近崖壁低飞。

在崖壁的遮挡下，山顶的警察就看不见他们了。

直飞了一阵，崖壁随着山势弯曲。风起若继续沿着崖壁飞，将会转一个圈，飞向后面山林。风起知道，山林里也有警察。在山林上面飞，可以吸引警察的注意。

井本医生看见情势不对，机警地说："不要转弯，不要飞向陆地，飞向大海，要低飞，尽量靠近海面。"

风起只好飞向大海，在海面上低飞。这么一来，和山顶的距离就拉大了。他回头看山顶，山雨迷蒙，一片白茫茫。

"快飞，不要回头看。"井本医生大喝。

雨水濡湿翅膀，翅膀越来越沉重，要飞快，也飞不快。

"快！快！不然我在你的肚子上打一个洞！"

他的肚皮感觉到枪头往里戳，戳得他疼痛。

风起委屈地说："雨太大了，我飞不快。"

"那你就尽快！尽快！"井本医生吼叫。

风起没有飞得更快，井本医生也没有开枪。

谅他也不敢开枪。他若开枪，两人一起坠海，同归于尽。

不，如果瑜美公主在下面，他坠海也不会死。

不能让瑜美公主跟着来。想到这里，他忽然来劲，用力挥动翅膀，越飞越快。

"对！对！尽快！"井本医生满意地说。

飞了一阵，离开大雨区，雨滴逐渐稀疏，前景逐渐明朗。

风起看见水平线了，看见白色灯塔了。

他想飞高，故意越飞越低。

海水碰到井本医生的脚，井本医生大叫："飞高！飞高！高！"

风起大幅度拍打翅膀，越飞越高。

这里已经离开山顶很远，井本医生不再担心被瞧见。

风起要飞高，是为了鸟瞰海面。飞得越高，看得越广。他要确保，瑜美公主不在附近。瑜美公主不在，井本医生就不敢开枪。不然，风起死了，他也活不了。

不远处有白色灯塔，风起想把井本医生扔在灯塔里面。不过，井本医生疑心重，倘若他向灯塔飞去，井本医生一定不愿意。

他偏离灯塔而飞，渐渐放慢速度，往低处飞，故意把井本医生的脚扎进水里。

井本医生怒喊："你开什么玩笑！"

"对不起！对不起！"他摇摇晃晃飞起，把井本医生提高。

不一会儿，他又假装力不从心，差点儿跌入海里，把井本医生下半身都浸入水中。

井本医生抓紧他，喊道："你怎么啦？"

风起说："对不起。我很累了，快飞不动了。"

"Why？Why？"井本医生急起来，用英文怒吼。

风起知道，井本医生是讲究科学的，必须用科学原理解释。

"翅膀湿透了，很重，飞起来很吃力。我也飞太久了，需要休息。"

"哦。哦。"井本医生似乎信服了，问，"这里附近有没有小岛？"

"没有。"风起叹息。

井本医生东张西望，说："那里有一座灯塔。"

"那座灯塔只剩半截。"风起说。

井本医生说："不要紧。你先把我放在灯塔里。"

风起飞向灯塔，却还是东倒西歪地飞，几次跌入海里，让井本医生喝喝海水。

灯塔只露出上面两个窗口。风起把井本医生放在下面那个窗口里。

井本医生把两条腿伸入窗里，然后趴在窗上。他的手臂没有松开，仍然紧紧抱着风起。他说："你在这里休息一会儿。"

风起靠在同一个窗口上。他的脸，靠近井本医生的脸。

井本医生侧脸对着风起微笑，笑出上下两排参差不齐的乌黑牙齿，笑容瘆人。

风起别过脸去，说："这里太挤。"

井本医生说："那么，你趴在上面那个窗口，让我抓住你的脚。"

风起爬进上面那个窗口，头一伸进窗里，就差点被臭味熏倒。

他换一个方向，把臀部塞进窗口，头、手脚和翅膀都留在塔外。

井本医生则上半身在塔外，下半身在塔内。他的右手握着枪，左手攥着风起的脚踝。

这个老奸巨猾的家伙，风起想摆脱他，也摆脱不了。

两人都不说话，各有所思。

雨渐渐停了。

风起问井本医生："你在等什么？"

井本医生说："我在等瑜美游过来。"

风起只能希望瑜美公主不要来。瑜美公主来之后，井本医生可能开枪杀死风起，然后暂时住在这里，让瑜美公主每天给他送食物。

"如果瑜美没有游过来呢？"风起问。

"我就等到天黑，等那些警察走了，让你带我回去。"井本医生冷笑。

风起希望警察留守在不一样游乐园，不要走。不过，如果警察没有走，井本医生也会把风起当作人质。风起像一架飞机，井本劫了飞机，想去哪里，就可以去哪里。

风起斗不过井本医生。

现在他的腿被捉住，一把枪对着他，他完全被牵制。

他把臀部塞进窗口，整个身体露在外面。他希望有快艇经过，将井本医生绳之以法。不过，井本医生不会束手就擒，他会杀死风起，劫快艇逃窜。

他希望海水高涨，淹没井本医生，把他溺死。不，井本医生会把他拉下来，自己爬上这个窗口。

风起感到气馁，他不但斗不过井本医生，连逃脱的机会都没有。

天渐渐暗下来。正当风起绝望的时候，听见一个尖锐的声音。

"风起王子！快逃！"

他低头一看。

出手露出尖尖的嘴巴，她的一只手紧紧地攥住井本医生的右手腕。

井本医生骂道："出手！你找死！我杀死你！"

他动弹不得，右手被出手攥住，左手舍不得放开风起的脚踝，下半身被卡在塔里。

风起的脚往井本医生的左手踹去。

井本医生惨叫一声。

风起借蹬腿之力，往前飞去。

一道红色光束从他脚底下闪过，海水嗞嗞响，冒起一条直线白烟。

他回头看，出手的一只手扭转着井本医生拿枪的手。

风起掉转回头，要帮出手搏斗。

出手喊道："风起王子！你快走！我没事！"

出手的手比国王的手长，她还有一张尖尖的嘴巴可以攻击国王。

国王卡在窗口里，动作受限制。出手在大海里，活动空间大。

风起无须为出手担心。

他凌空飞起，抖去水珠，猛拍翅膀，快速飞往不一样游乐园。

50. 瑜美灯塔找爸爸

瑜美公主在崖壁下苦苦哀求，却见风起哥哥木然而立，似乎无动于衷，越发觉得自己可怜。

雨声淅沥淅沥，浪声哗啦哗啦，仿佛陪伴瑜美公主一起呜咽。天地同悲，齐声痛呼。她哭得死去活来，扑倒在石头上。

等她再抬起头来，风起哥哥已经离去，不知什么时候走的。

她仰望崖壁，崖壁上也没见到爸爸的身影。

风起哥哥把爸爸带走了。他们去了哪里？

烟雨蒙蒙，她看不清楚。

她停止哭泣，一颗心终于安定下来，风起哥哥总算听她的话，把爸爸带到安全的地方。

风起哥哥驮着爸爸并不容易，应该不会飞得太远。她揣测，风起哥哥必会沿着海岸飞，飞到一个安全隐秘的地方，就把爸爸藏在那里。

瑜美公主沿着海岸找他们。海岸多是陡峭的山壁，她仔细观察，没有发现风起哥哥或者爸爸。

她越游越远，离开峭壁，经过丛林，去到有人烟的地方。

风起哥哥不可能来到这里。这里人多，很难把爸爸藏起来。

瑜美公主折回头，再次沿着海岸线寻找。她想，风起哥哥会把爸爸藏在一个隐秘的地方。既然隐秘，她当然看不见。

于是，她边找边喊："爸爸，爸爸。"

她不敢喊得太大声，怕暴露爸爸的行踪。

瑜美公主来来回回地找，忽然发觉自己很笨。她的想法是人鱼的想法，人鱼才沿着海岸找。风起哥哥像一只鸟，不一定沿着海岸飞。他可以飞向陆地，把爸爸藏在陆地某个隐秘的地方。

天快暗下来了，雨渐渐停了。风起哥哥应该已经把爸爸藏起来，飞回不一样游乐园了。

一个恐怖的想法忽然萌生，会不会爸爸到了安全的地方后，一枪把风起哥哥杀死？

爸爸说过不会放过风起哥哥。

瑜美公主念头一转，担忧起风起哥哥来。

她急巴巴往不一样游乐园游去，看一看风起哥哥在不在。如果风起哥哥回去了，就偷偷问他，爸爸藏在了哪里。

她接近不一样游乐园时，一个影子正从她头上飞过。

瑜美公主举手嚷叫："风起哥哥！"

正是风起！

风起转弯飞来。

"我爸爸呢？"瑜美公主仰头问。

"在白塔那里。"风起说。

白塔里虽然很臭，不失为一个安全的藏身之处。

"他还好吗？"瑜美公主问。

风起竟然回答："我不知道。"

这个答案很奇怪。如果爸爸好好的，应该说好。

"我爸爸到底怎样了？"瑜美公主追问。

"你自己去看。"风起说。

风起不敢说。

难道他对爸爸做了什么亏心事？

"你陪我去看。"瑜美公主坚持说。

"我不去了。"风起说。

风起哥哥拒绝陪她去看，因为不敢面对他做的事？

瑜美公主质问："为什么你不陪我去?"

"我很累，飞不动了。"风起说完，不等瑜美公主回答，径自转身飞向不一样游乐园。

飞不动了?

骗人！看他刚才还飞得挺轻快的。

他在逃避?

哼！要是他敢伤害爸爸，瑜美公主永远不会原谅他。

瑜美公主吸一口气，尾巴一扫，潜入水里，往白塔的方向游去。

她屏息快游，用尽全身的力量，身体和尾巴都起起伏伏，像一片快速抖动的草叶。

她在水里，眼睛往前直视，片刻后，隐隐约约看见白塔的影子。

瑜美公主蹿出海面，抹去眼前的水，果然是白塔。

白塔两个方形窗口，里面黑洞洞，看不见爸爸的身影。

她再扎入水中，钻进白塔底下的窗口，在塔里冒出头来。

一股恶臭味扑鼻而来，瑜美公主赶快捏住鼻子。

白塔里面黑蒙蒙，两个窗口透出幽蓝的天色。窗口对面的砖墙不知道几时破了一个圆洞，昏黄的光束从圆洞斜斜射入，照着旋转梯边的一个黑色躯体。

是爸爸！

　　爸爸靠着旋转梯，半身浸在水里。

　　瑜美公主搂住爸爸的身体，大喊："爸爸!"

　　她第一次和爸爸这么亲热，爸爸就在她怀中。

　　爸爸的头靠在她肩膀上，一动也不动，感觉凉凉的。

　　她抱着爸爸转身，把爸爸放在窗口上。

　　爸爸的头掉在窗外，鼻孔朝天，嘴巴张大。

　　瑜美公主把手探过去，鼻孔和嘴巴都没有了气息。

　　她再次哭喊："爸爸——"

　　爸爸没有反应。

　　她托起爸爸的脸。爸爸的眼睛没有合上，一眨都不眨。

　　爸爸的脸上和头上，布满一条条的血道子。这些血道子，都是三条平行线，像被动物的爪子抓的。

瑜美公主醒过来，大喊："出人头雕！"

从上面黑暗的角落里传来笑声："哈哈……哈哈……"

瑜美公主怒吼："你杀死我爸爸！"

"哈哈……国王……不是……我杀的……哈哈……"

"你还说不是？"瑜美公主嚷道，"你看，他的脸，他的头……"

"哈哈……是……是我抓的……我……帮忙出手……杀死他……国王该死……他是个坏人……他该死……我报仇了……哈哈……"

瑜美公主愤然喊道："你下来，我杀死你！"

"哈哈……我不怕死……死了好……国王死了好……"

瑜美公主嘶吼："下来！"

一个影子真的飞下来，在瑜美公主眼前掠过，迅速飞出窗口。

出人头雕拍着翅膀，停在空中说："我不怕死了……我要出去了……这个臭地方……留给你……和你爸爸……哈哈……"

"过来！"瑜美公主喊。

出人头雕不肯飞过来，他飞上去，在塔顶绕圈子。

"哈哈……哈哈……哈哈……"

瑜美公主抱着爸爸号啕大哭。她伏在爸爸胸口，一只手抱在爸爸背后。在背后的手摸到爸爸身体有一个大洞。她往这个洞探进去，里面好像空空的。然后，她看见自己的手，从爸爸的肚子上穿出来。

"啊——"瑜美公主惊栗大叫。

灯塔在这个时候忽然亮了起来。塔顶的灯室，放出一道光芒。

瑜美公主放开爸爸的尸体，钻入水里，从下面的窗口游出塔外，再蹿出水面，果然看见出人头雕。

出人头雕立在塔顶，说："看……灯亮了……"

"你不要走!"瑜美公主一个猛子，扎入水里。

她在阴暗的水底找寻电磁枪，可是，找遍塔里塔外，都找不到。

灯塔的光芒，环绕着圈子慢慢地转动，照亮了附近的海面。

海面雾气氤氲，在灯塔的亮光下，格外美丽!

出人头雕飞到灯光下，跟随灯光飞舞，在灯光中狂笑。

"哈哈……哈哈……哈哈……"

未完待续，

更多精彩故事，敬请阅读《2047后，十全九美的结局》

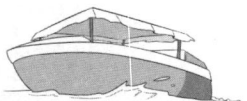

感动全球华人读者！

犹记得海阔第一次在书中出现时，他虽然争强好胜，但是本性率直单纯，然而自从海阔来到不一样王国，跟在井本医生身边后，就逐渐变得虚伪奸诈、不择手段，这真是近朱者赤近墨者黑啊！

——谢墨轩，12岁，马来西亚Mont' Kiara International School（M'KIS）（满家乐国际学校）四年级

在对孩子的教育方面，我一直都不会逼迫她去看书，我希望孩子能够为乐趣而阅。从《2042，背包里的天空》开始，孩子就爱上了这个故事，一直到《2047，瞎了眼的灯塔》，她每一本都收藏了，看起书来废寝忘食，从中获得知识，享受乐趣。作为母亲，我既为孩子开心又为孩子感到欣慰。

——曹家梦，英国伦敦一位母亲

经过了多年的磨难，2047年，不完全人类们在游乐园的生活终于进入正轨，通过表演自食其力，很好地融入了人类世界，恰恰应对了"阳光总在风雨后"这句话。

——韩雨彤，11岁，新加坡Rosyth School（东赛小学）四年级

看到蓬卡与瑜美公主的对话，我不禁感慨万千。我同蓬卡一样都在英国读书，每年只有寒暑假时才能回家看望爷爷奶奶，我很珍惜每次和亲人相聚的时间，不愿等到"子欲养而亲不待"时才追悔莫及。

——Hannah，14岁，英国Moira House Girls School（圣心女子学校）七年级

《孟子·万章下》有言："人之相识，贵在相知，人在相知，贵在知心。"风起不听他人的劝告，认定海阔是正直善良的，不会陷他于不义，然而过于信任海阔让风起蒙蔽了自己的双眼，变得是非不分。所以，在与别人的交往之中，我们应当明辨是非，不仅要相知，还应当知心啊！

——Lisa，12岁，美国洛杉矶Baldwin Stocker Elementary五年级

井本医生果然逃出了不一样王国，还藏身在山上的道观之中，暗中指使海阔，继续作恶多端。

然而，天网恢恢疏而不漏，井本医生的身份还是暴露了，被绳之以法，正义最终还是战胜了邪恶！

——池田工美，12岁，日本二川小学五年级

风起过于单纯，对身边的人总是一味地信任，而没有防备之心，乃至海阔暗藏祸心，井本医生深藏暗处、伺机而动，风起都不曾察觉。书中海阔对风起说道："人不可貌相，海水不可斗量，害人之心不可有，防人之心不可无。"这句话我非常赞成。

——权智媛，11岁，韩国忠州华侨小学四年级

小芋头虽是井本医生的孩子，却别样可爱。小芋头初生牛犊不怕虎，无论是有点花背着他蹦蹦跳跳，还是风起带着他翱翔天空，他都毫不畏惧，自得其乐，真是可爱极了！

——张涛，9岁，天津市东方小学二年级3班

仅仅是因为白马飞上了半山腰，有发现井本医生的可能，井本医生就毫不犹豫地用电磁枪将白马击落，可怜的白马遭遇飞来横祸，失去了一条腿，翅膀也脱臼了。井本医生实在是残暴不仁，视生命为草芥！

——孔佳煜，11岁，重庆朝阳小学四年级1班

随着科技的发展，我们身边有许多传统的表演掩藏在历史的尘埃之中，传统文化渐渐没落，传统的工艺逐渐失传，真是令人惋惜！

——程悦云，10岁，合肥市方桥中心小学三年级1班

女儿是风起的忠实粉丝，更是因为对风起的喜欢一直关注着故事的进展，每次一出新书就会迫不及待地拉着我去书店买书。从风起身上，女儿学到了很多，她懂得要和风起一样正直善良，维护社会公平公正，她也会从风起所犯的错误之中反省自身，我和女儿一样期待接下来精彩的故事。

——钱亚楠，32岁，海口力鑫公司销售经理

井本医生枪击白马在先，命令海阔杀害出手在后，他甚至想在利用完风起赚足够的钱后，也将风起杀害，井本医生真是心狠手辣、惨无人道！

——刘正阳，10岁，成都龙泉实验小学三年级1班

孩子在看书的过程中能够体会到亲情和友情的可贵，能够明白保护环境的急迫性和重要性。在看书的过程之中有所收获，有所领会，有所成长，这也是我们家长乐见其成的。

——秦国鸿，37岁，西安市轩瑞有限责任公司人力资源经理

出手只是一只单纯善良，一心想和她的海豚丈夫过着平凡生活的海豚，但是在井本医生的阴谋下，她身受重伤，失去了一只手臂。出手何其无辜！那么多的受到井本医生迫害的不完全人类又是何其无辜！

——陈玉洁，10岁，沈阳市铁路第五小学三年级2班

蛋猫发现井本医生藏身于山上的道观之中这个事实。然而，正是因为蛋猫的犹豫不决、迟疑不定，才有了那么多的悲剧发生，无法阻止。正如《黄帝四经·兵容》所言："因天时，与之皆断；当断不断，反受其乱。"

——莫旭明，14岁，厦门市第一中学初一6班

白马被井本医生枪击，伤痕累累，但是经过一段时间的治疗与休养，白马装上了义肢，可以如普通的马儿一样肆意奔跑，翅膀也复原了，可以飞得更高。更值得高兴的是，白马怀孕了，有了自己的孩子。我想，白马的经历就应对了那句"不经一番彻骨寒，怎得梅花扑鼻香"吧！

——吴哲，11岁，张家口东风小学四年级1班

蓬卡为了让凶手受到法律的制裁，忍辱负重，收集证据，在关键时刻果断出击，给予了井本医生致命一击。他的出发点虽然是为父报仇，但是他也是为了维护社会的公平和平等，让犯错误的人受到制裁。蓬卡，你是好样的！

——李淼，10岁，广州市朝天小学三年级1班

多行不义必自毙，井本医生作恶多端，以致最后出手和出人头雕联手将他绳之以法。人们常说："善有善报，恶有恶报。"井本医生种下恶因，得此恶果也不足为奇。

——余涛，12岁，深圳市南头城小学五年级1班

看到井本医生被出手击毙了，我有一种释然的感觉，所有的阴谋和伤害都伴随着井本医生的死一起归于尘埃。希望世上能少些阴谋与伤害，多些爱与关怀。

——黄海明，10岁，珠海拱北小学三年级4班

我一直认为只通过课本进行教学是远远不够的，课外读物不仅能够拓宽孩子们的视野，而且能够激发孩子们学习的兴趣，这一系列的故事能够让孩子们读得开心，学得也开心。

——陈洁，29岁，深圳市南湖小学老师

　　原来在未来世界，人们不用再穿衣服，而是用各种各样的护霜取而代之。护霜既保暖，又不浪费资源，还不污染环境，我也好想拥有一款这样的护霜！

——杨芸，9岁，扬州市沙口小学二年级3班

图字：11-2015-295 号
图书在版编目（CIP）数据

2047，瞎了眼的灯塔/［马来西亚］许友彬著. —
杭州：浙江少年儿童出版社，2018.10（2021.3 重印）
（许友彬未来秘境系列）
ISBN 978-7-5597-0841-0

Ⅰ. ①2… Ⅱ. ①许… Ⅲ. ①科学幻想小说-马来西
亚-现代 Ⅳ. ①I338.45

中国版本图书馆 CIP 数据核字（2018）第 127668 号

本作品由红蜻蜓出版有限公司于马来西亚首次出版，授权
浙江少年儿童出版社在中国（包括香港、澳门、台湾）出版中文
简体字版本。

许友彬未来秘境系列

2047，瞎了眼的灯塔
2047，XIALEYAN DE DENGTA

［马来西亚］许友彬 著

责任编辑　刘迎曦
美术编辑　成慕婋
封面绘画　LOST7
责任校对　冯季庆
责任印制　王　振

浙江少年儿童出版社出版发行
　（杭州市天目山路 40 号）
杭州富阳美术印刷有限公司印刷
全国各地新华书店经销
开本 880×1230　1/32
印张 8.875　彩插 8
字数 144000
印数 10001－13000
2018 年 10 月第 1 版
2021 年 3 月第 2 次印刷
书号：ISBN 978-7-5597-0841-0
定价：30.00 元
（如有印装质量问题，影响阅读，请与购买书店或承印厂联系调换）
　承印厂联系电话：0571-63251742